FELDWEBELIN PINARES

EVA GONZAY

JULIA C. BROWN

Safe creative: 2407038467863

KAPITEL 1

„Endlich sind wir da!", ruft Feldwebelin Marta Pinares, während sie ihre Reisetasche fallen lässt und sich theatralisch auf das Sofa in der Wohnung wirft.

Die Feldwebelin und Hauptfrau Virginia Robles haben monatelang halb Spanien bereist. In dieser Zeit haben sie verschiedene Militärbasen besucht und die Akten überprüft, die der Generalstabschef des Heeres, Jorge Del Valle, seit seinem Amtsantritt angesammelt hat. Die Nachricht von der Bildung eines neuen militärischen Ermittlungsteams hat ihnen eine Zielscheibe auf die Brust gemalt. Sie sind nicht überall willkommen, besonders nicht in den Stützpunkten, wo die Korruption schon von außen stinkt. Keine der beiden scheint sich darum zu kümmern; sie fühlen sich wohl in ihrer neuen Arbeit und sind stolz darauf, all den Schmutz aufzudecken und zu beseitigen, den ein Teil des Militärs verbergen möchte.

Virginia betrachtet Marta verzaubert. Ihre Beziehung hat sich stark weiterentwickelt, sie harmonieren gut miteinander, und obwohl sie vierundzwanzig Stunden am Tag zusammen sind, haben sie es geschafft, Arbeit und

Privatleben zu vereinbaren, sodass jede ihren eigenen Raum hat und keine von beiden sich bedrängt fühlt. Die jetzige Feldwebelin Pinares behält diese Frechheit bei, die Virginias Aufmerksamkeit so sehr erregte - und sie aufregte -, aber die Hauptfrau hat ihre harte Hand beibehalten und es geschafft, dass ihre Untergebene die Befehle, die sie gibt, mit immer weniger Widerspruch befolgt.

„Komm schon, beweg deinen Hintern und begleite mich unter die Dusche", fordert Virginia mit einem halben Lächeln, das Marta hypnotisiert. „Wir bestellen etwas zu essen, und ich weiß nicht, wie es dir geht, aber ich habe Lust, den Tag auf dem Sofa zu verbringen."

„Oder im Bett", wirft Pinares ein, steht auf und nähert sich ihr mit einem katzenhaften Blick.

„Du bist unersättlich, weißt du das?", lacht Virginia, die zugibt, dass sie noch nie mit einem Mädchen zusammen war, das so gerne zwischen den Laken lag.

„Wenn es um dich geht, ist es sehr schwer, es nicht zu sein. Du bist wunderschön", sagt Marta und küsst sie, während sie beginnt, ihr die Kleidung auszuziehen.

Virginia lässt sich entkleiden, obwohl die Aufgabe für ihre Begleiterin schwierig wird, da die Hauptfrau nicht aufhört, sie zu berühren, zu küssen und ihr in den Hals zu beißen. Mit Mühe bringt die Feldwebelin sie zum Sofa und legt sich auf Virginia, die nur noch ihre Unterhose trägt und versucht, Martas T-Shirt loszuwerden, aber sie ist so erregt, dass ihre Hände wie aus Knetmasse werden und sie Schwierigkeiten hat zu manövrieren.

„Ich liebe deine Brüste", sagt Marta und streckt ihre

Zunge heraus, um Virginias Brustwarzen leidenschaftlich zu liebkosen.

„Verdammt!"

Marta lächelt, sie kennt die Macht, die ihr Mund hat, wenn sie mit Virginias Körper spielt.

Die beiden Frauen verschlingen sich hungrig, als hätten sie nicht vor ein paar Stunden beim Aufwachen diesen morgendlichen Quickie genossen, der ihnen so viel Spaß macht und ihre Tage mit Energie beginnen lässt.

Für Hauptfrau Robles ist es diesmal jedoch anders. Sie sind zu Hause angekommen, in dem Haus, das Jorge del Valle für sie ausgewählt hat und das kaum persönliche Gegenstände enthält. Sie spürt, dass es nicht genug ist, sie will mehr. Seit Virginia und Carlota, ihre Ex-Partnerin, sich getrennt haben, hat sie praktisch auf der Basis gelebt, umgeben von Soldaten und mit kaum Privatsphäre. Dort fühlte sie sich nicht ganz schlecht und verschob immer den Umzug in ihre eigene Wohnung, wenn es nicht das eine war, war es das andere, und so verging die Zeit. Jetzt ist sie mit Marta zusammen, ihre Beziehung ist besser als sie sich je vorgestellt hat, und was als etwas Beiläufiges begann, ist zu etwas Ernstem geworden. Virginia sieht, dass ihre Freundin sie seit Wochen anders ansieht, und in ihren Augen sieht sie die Reflexion eines Zuhauses, von etwas Gemeinsamen.

„Woran denkst du?", Martas Frage wird von Liebkosungen und ihrer Nase begleitet, die ihren Hals entlangfährt. Beide liegen eng beieinander, nachdem das unbequeme Sofa mehrmals heftig erschüttert wurde.

„An uns", antwortet Virginia fest und schaut sie

liebevoll an.

„Ich denke auch oft daran, aber ich gebe zu, dass nach dem Sex meine Neuronen für eine Weile schlafen", Virginia lacht laut, weil sie weiß, dass Sex Marta kurzschließt, „willst du es mir erzählen?"

„Lass uns erst duschen, ich sterbe vor Hunger."

„Zu Befehl, Hauptfrau", sagt Marta mit einem Lächeln, das ihr ganzes Gesicht einnimmt.

Als sie aus dem Bad kommen, holt Marta die Kleidung aus den Taschen und stellt eine Waschmaschine an, während Virginia den Tisch deckt und auf das Essen wartet. Sie haben sich an ein thailändisches Restaurant gewöhnt, das sie zufällig entdeckt haben und das jetzt zu den Verwöhnungen gehört, die sie sich gönnen, wenn sie in Madrid sind.

„Ich mache schon auf", sagt Feldwebelin Pinares, als sie das Klingeln hört.

„Mein Gott, was für ein Hunger!", sagt Virginia ungeduldig, als ihre Partnerin die Tüten auf den Tisch stellt.

„Du hast für ein ganzes Bataillon bestellt, wenn du Hunger hast, denkst du mit dem Magen."

„Beschwer dich nicht, du isst doch immer alles auf", antwortet Virginia und hebt die Augenbrauen. Marta ist eine von denen, die nachts mit Hunger aufwachen und den Kühlschrank erbarmungslos plündern.

Pinares lächelt, ohne etwas zu sagen, weil sie Recht hat. Sie nähert sich Virginia und küsst sie, nachdem sie das ganze asiatisch duftende Festmahl, das das Haus erfüllt, auf mehrere Teller verteilt hat.

„Das schmeckt himmlisch", schwärmt Marta, als sie das Hähnchen mit Cashewnüssen kostet, das zu ihrem neuen Lieblingsgericht avanciert ist. Der würzige Duft erfüllt den Raum und kitzelt ihre Nase.

„Das sagst du jedes Mal, obwohl du am Anfang gar nichts probieren wolltest", erwidert Virginia. Ihre Stimme zittert leicht, als sie fortfährt: „Wir könnten dieses Stäbchen- und Schüsselset kaufen, das wir neulich im Laden gesehen haben. Vielleicht sollten wir in den nächsten freien Tagen einige Dinge besorgen, die wir brauchen."

Marta runzelt verwirrt die Stirn. „Was für Dinge? Wir haben doch alles hier."

„Ich weiß nicht, Marta. Vielleicht noch ein Bettwäscheset, größere Handtücher, die nicht fusseln. Wir haben nur zwei Pfannen, und ich weiß, wie gestresst du bist, wenn du nicht so kochen kannst, wie du möchtest."

„Diese Wohnung ist winzig, Vir. Wo sollen wir das alles unterbringen? Es gibt kaum Stauraum."

Virginia atmet tief durch. „Dann lass uns ein größeres Haus für uns beide suchen. Ein Zuhause, das uns gehört, Liebling. Etwas, das wir selbst aussuchen und nach unserem Geschmack einrichten können."

Marta verstummt. Ihre Haut wechselt die Farbe. Sie starrt Virginia mit einem unergründlichen Ausdruck an, unfähig, auf diesen plötzlichen Vorschlag zu reagieren. Seit Marta Pinares Virginia vor Monaten auf dem Stützpunkt gesehen hatte, wusste sie tief in ihrem Inneren, dass sie sich in sie verlieben würde. Sie hatte Recht behalten - sie ist so verliebt, dass sie keinen Gedanken an eine andere Frau verschwendet. Aber der Schritt, zusammenzuziehen, jagt ihr eine irrationale Angst ein. Sie fühlt sich nicht bereit.

„Marta, sagst du nichts?", fragt Virginia, als sie bemerkt, dass Marta nicht einmal blinzelt.

„Zusammen wohnen?", wiederholt Marta, obwohl sie es beim ersten Mal verstanden hat. Sie versucht nur, Zeit zu gewinnen.

„Ja, ich dachte, wir könnten uns an einige Immobilienmakler wenden und ihnen erklären, was wir suchen. Wenn wir es alleine machen, werden wir verrückt", erklärt die Kapitänin, ahnungslos über Martas inneren Kampf. Sie ist überzeugt, dass Marta vor Aufregung sprachlos ist. Sie irrt sich.

„Ich glaube nicht, dass das eine gute Idee ist, Virginia."

„Na ja, Liebling, wenn du keinen Makler willst, müssen wir uns eben selbst anstrengen", sagt Virginia, völlig blind für Martas Zweifel.

Marta räuspert sich. „Nein, ich meine, zusammenzuziehen ist keine gute Idee. Ich dachte, wir wären glücklich so, wie es ist. Wir lernen uns doch gerade erst kennen."

Virginia fühlt sich, als hätte sie ein Schlag in die Magengrube getroffen. Sie begreift, dass Martas Gesichtsausdruck nicht Aufregung, sondern Unglaube und Ablehnung widerspiegelt. Nun ist sie es, die verstummt.

„Nimm es nicht persönlich", fährt Marta fort, „ich liebe dich und fühle mich wohl bei dir, aber ich denke, es ist zu früh für diesen Schritt. Wir verbringen so viel Zeit mit der Arbeit und hatten noch keine Gelegenheit, Urlaub zu machen oder unser Umfeld kennenzulernen. Was, wenn wir in ein paar Monaten nicht mögen, was wir voneinander sehen?"

Virginia erwacht aus ihrer Starre. „Dann trennen wir uns eben, Marta. Seit Menschengedenken enden Beziehungen, wenn sie nicht funktionieren. Ich bitte dich nur darum, ein gemeinsames Zuhause zu suchen, nicht um ewige Liebe zu schwören." Ihre Stimme klingt verändert, sie hatte diese Reaktion nicht erwartet. „Wir teilen uns jetzt schon eine Wohnung, aber es fühlt sich an wie ein Hotel, in dem wir nur schlafen. Ich dachte, du würdest dich wie ich in einem gemütlicheren Zuhause wohler fühlen, einem Ort, der uns beiden gehört."

„Ich sehe das immer noch nicht, Virginia. Ich will diese Art von Bindung nicht", sagt Marta, zunehmend bedrängt. „Was wir haben, ist perfekt, aber wir müssen uns weiter kennenlernen. Sicher sein, dass das ist, was wir wollen."

„Uns weiter kennenlernen", wiederholt Virginia, jedes Wort abwägend. „In Ordnung, wenn du das möchtest. Ich werde dich zu nichts zwingen, womit du nicht einverstanden bist."

„Ich sage nur", Marta versucht sich weiter zu erklären, ohne zu bemerken, dass sie mit jedem Wort tiefer ins Fettnäpfchen tritt, „dass es ein wichtiger Schritt ist. Du könntest jemand anderen mögen oder vielleicht ein Abenteuer mit einer anderen Frau wollen. Das ist normal in dieser Phase, deshalb sollten wir gut darüber nachdenken."

Virginia kann es nicht fassen. Hätte ihr jemand gesagt, dass sie so etwas von der Frau hören würde, die sie jeden Morgen mit unendlicher Liebe ansieht, hätte sie ihn für verrückt erklärt. Jetzt weiß sie, dass Marta nicht nur nicht bereit ist, wie sie sagt, sondern dass sie ihre kostbare Freiheit nicht aufgeben will. Sie ist eine attraktive Frau, die auffällt, und zweifellos möchte sie diesen Charme weiter nutzen. Virginia hingegen war mehr als bereit, dieser Beziehung einen Namen zu geben, die ihrer Meinung nach schon weit fortgeschritten war.

„Ich habe verstanden", sagt Virginia, die kein Wort mehr hören will.

„Sei nicht böse, Vir", säuselt Marta, als hätte Virginia ihr lediglich vorgeschlagen, ins Kino zu gehen und sie hätte abgelehnt. „Ich mag, was wir haben. Wir müssen es nicht kaputtmachen."

Kapitänin Robles hebt ungläubig die Augenbrauen.

„Es ist besprochen, Marta. Wir stehen an verschiedenen Punkten. Ich habe es vorgeschlagen, weil ich dachte, du wolltest dasselbe, aber offensichtlich habe ich mich geirrt."

„Nur weil ich kein Haus mieten will, heißt das nicht, dass ich nicht mit dir zusammen sein möchte. Das will ich klarstellen. Du wirst mich doch deswegen nicht verlassen, oder?" Martas Stimme zittert, während ein kalter Schauer ihren Kopf durchfährt.

Virginia starrt sie an, verspürt den Drang, ihr den Teller mit den kalt gewordenen Nudeln an den Kopf zu werfen. Sie weiß, dass sie Marta deswegen nicht verlassen wird, aber etwas in ihr ist zerbrochen. Ein Karussell der Gefühle wirbelt in ihrer Brust. Sie spricht nicht, schüttelt nur den Kopf, und Marta atmet erleichtert aus. Sie nähert sich Virginia, zieht sie von ihrem Stuhl hoch und umarmt sie. Ihr geflüstertes „Ich liebe dich" schmeckt der Kapitänin nach nichts. In ihrem Kopf kreisen nur Zweifel. Martas

Worte haben sie so verwirrt, dass sie nicht weiß, ob sie diese Beziehung, die ihr einst so sicher erschien, noch normal weiterführen kann.

KAPITEL 2

Virginia öffnet die Wohnungstür und legt die Schlüssel auf das winzige Möbelstück im Flur. Wäre die Wohnung ihre, würde sie es gegen ein größeres austauschen, eines mit Haken oben zum Aufhängen von Jacken oder Taschen. Und es wäre definitiv nicht in diesem hässlichen Braunton. Aber es ist nicht ihre Wohnung, und was für sie eine vernünftige Möglichkeit war, mit Marta irgendwohin zu ziehen, das ihnen beiden gehört, ist gestern Nacht mit den Kommentaren der Sergeant zerplatzt, die sie nicht schlafen ließen.

Egal wie oft Virginia darüber nachgedacht hat, während Marta friedlich neben ihr schlummerte, sie fühlt sich verloren. Sie war überzeugt, dass Zeit und Ereignisse sie beide an denselben Punkt gebracht hatten, dass ihre Beziehung sich langsam gefestigt hatte, ohne dass sie darüber sprechen mussten. Aber offensichtlich ist das nur in ihrem Kopf passiert. Marta hat eine völlig andere Sicht auf ihre Beziehung, und Virginias Verwirrung ist beträchtlich.

Sie ist früh aufgewacht, und da sie wusste, dass

Marta den arbeitsfreien Tag zum Ausschlafen nutzen würde, ist sie spazieren gegangen. Sie hoffte, den Kopf freizubekommen und die Dinge anders zu sehen. Doch Virginia ist genauso zurückgekehrt, wie sie gegangen ist, mit diesem Knoten in der Brust, der sich gestern Abend gebildet hat und nicht mehr verschwinden will.

„Wo warst du?", fragt Marta, als sie aus der Küche in den Wohnbereich tritt.

„Ich war spazieren", antwortet die Kapitänin und gibt ihr einen Kuss, wie jeden Tag. Doch dieser fällt ihr schwer, nicht weil sie ihn nicht will, sondern weil sie spürt, dass etwas in ihr zerbrochen ist und sie nicht weiß, wie sie es reparieren soll.

Sie hofft nur, dass mit der Zeit alles wieder normal wird. Schließlich ist Marta hier, bei ihr, und hat ihr gesagt, dass sie sie liebt. Virginia weiß das auch, weil sie es spürt. Aber Martas Bemerkung, dass sie vielleicht andere Leute kennenlernen könnten, schwebt um sie herum wie eine lästige Mücke.

„Es ist zwölf Uhr mittags, Vir. Ich habe mir Sorgen gemacht", sagt Marta und gibt ihr noch einen Kuss. „Ich habe dich auf dem Handy angerufen und gesehen, dass du es hier gelassen hast."

„Ja. Tut mir leid, Liebling. Ich bin mit leichten Kopfschmerzen aufgewacht und wollte an die frische Luft. Wann bist du aufgestanden?", wechselt Virginia das Thema.

„Um elf", gibt Marta mit einer verlegenen Grimasse zu, die Virginia zum Lächeln bringt.

Obwohl es sie im Innersten ärgert, dass ihre Freundin

tief und fest geschlafen hat, während sie selbst kaum ein Auge zugemacht hat.

„Gut, ich gehe duschen. Vergiss nicht, dass ich heute mit Del Valle esse", sagt Virginia und geht ins Schlafzimmer, um saubere Kleidung zu holen.

„Ja, ich esse die Reste von gestern Abend und schaue einen Film, bis du zurückkommst. Danach könnten wir auf ein paar Bier ausgehen."

„Klar."

„Wie pünktlich", bemerkt Jorge Del Valle, als Virginia, begleitet von einem Kellner, an seinen Tisch tritt.

„Du weißt, ich komme ungern zu spät. Übrigens, ich weiß nicht, wie viel das Menü hier kostet, aber du wirst bezahlen", erklärt die Kapitänin, während sie sich umschaut.

Sie bevorzugt einfache Kneipen, aber ihr Vorgesetzter hat einen verfeinerten Gaumen. Wenn sie mit ihm isst, muss sie Gerichte mit Namen wählen, die sie nicht versteht.

„Mit Vergnügen."

Virginia nickt und bestellt beim Kellner ein Bier, obwohl vor ihr ein Glas teuren Weins steht. Jorge Del Valle trifft sich immer mit ihr, wenn sie von einem Fall zurückkehren. Trotz des ständigen Kontakts während der Ermittlungen mag er diese Art von Treffen nach Abschluss, falls Virginia Verbesserungsvorschläge hat oder einfach nur Zeit mit seinem Patenkind verbringen möchte.

„Verschmähst du meinen Wein?", fragt Jorge mit zusammengekniffenen Augen.

„Keineswegs. Ich weiß, du wirst nicht zulassen, dass dieses Glas dort stehenbleibt, aber ich habe keine Lust darauf. Ich möchte etwas mit einem kräftigeren Geschmack."

„Wie du willst. Wie geht es Marta?"

„Gut. Solche Tage sind ihre Lieblingstage. Sie steht spät auf und faulenzt, so viel sie kann. So baut sie den Stress ab, den wir auf den Stützpunkten ansammeln."

„Hattet ihr viele Probleme?"

„Nun, du weißt ja, dass unsere Anwesenheit zunehmend als störend empfunden wird. Die Kooperationsbereitschaft mancher Leute entspricht dem, was die Arbeit erschwert. Aber es ist nur ein weiteres Hindernis, das es zu überwinden gilt, nichts weiter."

„Deine Philosophie hat mir schon immer gefallen", gibt Del Valle zu, „auch wenn du mich manchmal zur Weißglut treibst und mir Zahnschmerzen bereitest."

Virginia lächelt, aber es fehlt der übliche Glanz in ihrem Gesicht, was Jorge Del Valle nicht entgeht.

„Was ist los mit dir?", fragt er plötzlich ernst.

Die Frage überrascht die Kapitänin.

„Mit mir?"

„Sitzt noch jemand anderes mit uns am Tisch?", schnaubt er angesichts der Dummheit der Frage.

Virginia lächelt erneut.

„Mir fehlt nichts", zuckt sie mit den Schultern.

„Sieh mich an. Glaubst du, ich bin dumm?", fragt Jorge und zeigt auf sein Gesicht.

„Nun, da wüsste ich nicht, was ich sagen soll, Chef...", scherzt Virginia und entlockt ihm ein Lächeln.

„Jetzt im Ernst, du wirkst traurig. Geht es dir gut?"

Virginia spürt eine plötzliche Anspannung im ganzen Körper. Einen Moment lang ist sie versucht, Del Valle von dem Vorfall mit Marta gestern Abend zu erzählen. Von dem Augenblick, in dem sie von dem Glauben an eine stabile Beziehung mit der frisch ernannten Sergeant dazu überging, nicht einmal zu wissen, ob Marta in ihrer gemeinsamen Zeit mit anderen Frauen zusammen war. Und das Schlimmste ist, dass der Gedanke daran sie so erschreckt, dass sie nicht wagt, Marta danach zu fragen.

„Ich bin nicht traurig, Jorge. Ich bin müde", antwortet sie und schluckt den Kummer hinunter, um keine Schwäche zu zeigen. „Diese Reisen erschöpfen mich sehr, auch wenn man es nicht merkt. Wenn ich nach Hause komme, werde ich mich auf die Couch legen und mit Marta einen schlechten Film ansehen, während wir Junkfood essen."

Obwohl sie weiß, dass sie mit jemandem über ihre Gefühle sprechen muss, um nicht verrückt zu werden, möchte sie es nicht mit ihrem Chef tun, auch wenn sie ihm vertraut. Jorge hatte sie bereits gewarnt, dass es langfristig problematisch sein könnte, ihre Partnerin in ihr Team aufzunehmen, und sie möchte ihm nicht Recht geben müssen, zumindest jetzt nicht.

„Ich dachte, in deinem Alter würde man Reisen noch gut verkraften", scherzt er, während er sein Essen verschlingt, als hätte er tagelang nichts gegessen. „Nun gut, da gibt es etwas, worüber ich mit dir sprechen möchte."

Jorge wird wieder ernst.

„Dann erzähl", fordert Virginia ihn auf, froh über die Ablenkung von ihren Gedanken.

„Weißt du, was ein Verteidigungsattaché ist?", fragt Jorge.

„Ein militärischer Vertreter, der einer Botschaft im Ausland zugeteilt ist, um Verteidigungs- und militärische Kooperationsangelegenheiten zu koordinieren", antwortet die Kapitänin zur Überraschung ihres Vorgesetzten.

„Verdammt, manchmal vergesse ich, dass ich mit einem wandelnden Militärhandbuch spreche."

Virginia lächelt sanft.

„Nun, da du die Aufgaben so gut kennst, möchte ich dich für den Posten in Großbritannien vorschlagen."

Mit offenem Mund legt Virginia ihre Gabel auf den Tisch.

„Bevor du etwas sagst, es ist nicht für sofort", erklärt Jorge. „Der Attaché in Großbritannien geht nächstes Jahr in den Ruhestand. Falls du annimmst, müsstest du zwei Monate vorher dorthin ziehen für die Amtsübergabe. Ich weiß, du bist eine Frau der Tat und keine, die Probleme hinter einem Schreibtisch löst, Virginia, aber es wäre ein großer Sprung in deiner Karriere, und ich könnte nicht ruhig schlafen, wenn ich es dir nicht vorschlagen würde."

„Aber was ist mit meiner jetzigen Arbeit?", fragt sie verwirrt.

„Die würde so weiterlaufen wie bisher. Du hättest fast ein Jahr Zeit, um ein Team nach deinen Vorstellungen aufzubauen. Du könntest es sogar von dort aus koordinieren, was weiß ich", sagt Jorge. „Und was Marta betrifft, wir würden es schon hinbekommen, ihr dort bei dir eine Stelle zu finden."

Virginia schweigt. Hätte Jorge ihr das gestern erzählt, hätte sie kategorisch abgelehnt, ihn nicht einmal zu Ende sprechen lassen. Doch jetzt, wo sie sich so verloren und verletzt von Marta fühlt, erscheint ihr die Idee gar nicht so schlecht. Schließlich könnte das, was sie haben, jederzeit enden – so hatte sie es verstanden. Es würde genügen, wenn Marta eine andere Frau kennenlernt, die sie mehr interessiert, und diese seltsame Beziehung, die sie offenbar führen, wäre vorbei.

„Kann ich darüber nachdenken?"

„Ja, natürlich. Aber nimm es auch nicht auf die leichte Schulter. Jemanden für so eine Position vorzuschlagen, braucht seine Zeit."

„In Ordnung, danke, Jorge."

„Bist du sicher, dass es dir gut geht?", beharrt der Generalstabschef.

„Ja doch, du Nervensäge."

Nach dem Essen verabschieden sie sich. Virginia beschließt, ziellos zu fahren, bevor sie zu Marta nach Hause zurückkehrt. Früher hatte sie das Gefühl, in ein Zuhause zurückzukehren, egal ob es ihres war oder nicht. Jetzt fühlt sie sich deplatziert, als wäre sie das einzige, was nicht in dieses Haus passt. Je mehr sie über das Gespräch mit der Sergeant nachdenkt, desto dümmer fühlt sie sich. Es stimmt, dass sie aus beruflichen Gründen zusammenwohnen und nicht, weil sie es als Paar entschieden haben. Aber ihr Zusammenleben und die Chemie zwischen ihnen ist so gut, dass sie irgendwie davon ausgegangen war, dass sie sich als Paar festigten und dass sie, auch wenn die Arbeit enden würde, weiter zusammenleben würden, irgendwo anders. Frustriert fährt sie weiter, bis sie müde wird und beschließt, dass es Zeit ist, zurückzukehren.

KAPITEL 3

„Ich will, dass du für mich kommst", flüstert Marta über Virginia, während sie sie mit einer exquisiten Bewegung stimuliert.

„Ich bin kurz davor", stöhnt Virginia am Rande des Abgrunds.

„Ich werde nicht mehr lange durchhalten, du machst mich so heiß."

An diesem Morgen hat die Sergeant Virginia mit provokanten Liebkosungen und heißen Küssen am Hals geweckt. Sie weiß, dass Virginia es liebt, den Tag so zu beginnen, und Marta vergöttert es, sich im Körper der Kapitänin zu verlieren, egal zu welcher Tageszeit. Beide haben die Kleider der anderen schnell verschwinden lassen, und nach wenigen Minuten waren im Zimmer nur noch Stöhnen und heisere Bitten zu hören. Von außen betrachtet scheint alles normal: ein Paar, das Morgensex genießt. Doch was in den Köpfen der Protagonistinnen vorgeht, ist etwas völlig anderes. Martas Stirn und Schoß sind durchnässt, sie ist völlig versunken in die Bewegungen, die sie vollführt, ohne an etwas anderes zu denken. Virginia hingegen genießt nur halb, weil ihr Kopf immer noch benebelt ist von dem Gespräch, das sie mit der Frau geführt hat, die sie für ihre Freundin hielt, und von Del Valles Vorschlag.

Als beide erschöpft zwischen den feuchten Laken liegen, schmiegt sich Marta mit geschlossenen Augen und einem dümmlichen Lächeln auf den Lippen an sie. Sofort spürt sie, dass Virginia nicht wie sonst entspannt ist. Sie hebt den Kopf ein wenig, um sie anzusehen, und beobachtet, wie Virginia die Decke anstarrt, als würde dort etwas sehr Wichtiges passieren.

„Geht es dir gut, Vir?"

„Ja, mir geht's gut."

Eine schmucklose Antwort, die für Marta nach einer Ausrede klingt.

„Im Ernst, was ist los mit dir?"

Virginia überlegt ein paar Sekunden. Sie schwankt zwischen dem Impuls, aus dem Bett zu springen und zu schreien, dass nein, es ihr nicht gut geht. Dass sie dachte, sie wären ein Paar und nicht zwei Frauen, die miteinander schlafen, aus beruflichen Gründen zusammenleben und außerdem problemlos andere Frauen kennenlernen können. Oder so zu tun, als wäre nichts los und alles perfekt.

Sie dreht den Kopf und schaut Marta an.

„Du hast mich völlig erschöpft", und sie lächelt so falsch, dass sie es selbst nicht glaubt. „Komm, lass uns aufstehen, sonst kommen wir zu spät."

Marta lächelt breit – ein echtes Lächeln – und akzeptiert die Antwort ihrer Partnerin. Sie bläht fast die Brust, weil sie weiß, dass es nicht leicht ist, eine Frau wie Virginia zu erschöpfen.

„Nur damit du's weißt, ich könnte weitermachen", sagt sie, während sie hinter ihr hergeht und ihr einen Klaps auf den Hintern gibt. „Mit dir würde ich stundenlang im Bett bleiben, aber ich akzeptiere, dass wir arbeiten müssen."

„Ich gehe duschen. Kannst du Kaffee machen?", fragt Kapitänin Robles, ohne auf Martas Worte einzugehen. Sie fühlt sich nicht besonders motiviert, auf ihr Spiel einzugehen.

„Fertig?", fragt Virginia, die bereits angezogen ist, ihre Haare zu einem hohen, perfekten Pferdeschwanz gebunden.

„Ich finde meine Brieftasche nicht", erwidert Marta, während sie die Sofakissen hochhebt und in deren Verstecken herumtastet.

Virginia runzelt die Stirn. „Wozu brauchst du die?"

„Meine Papiere sind darin. Außerdem komme ich ohne sie nicht auf die Basis. Ich kann doch nicht undokumentiert durch die Straßen laufen."

„Hast du in der schwarzen Jacke nachgesehen, die du bei unserer Rückkehr vom Ausflug getragen hast?"

Marta verzieht nachdenklich die Lippen und geht ins Schlafzimmer, um nachzusehen. Virginia hört, wie sie Schranktüren und Schubladen öffnet.

Die Kapitänin seufzt. „Sie ist im Wäschekorb, Marta. Du hast sie am Freitag dort hineingeworfen."

Sekunden später erscheint Marta im Wohnzimmer mit einem Lächeln, das selbst Styropor zum Schmelzen bringen könnte. Sie nähert sich und gibt Virginia einen so sanften

Kuss auf die Lippen, dass sich deren Herz zusammenzieht.

„Danke, Vir. Ich wüsste nicht, was ich ohne dich tun würde."

Virginia antwortet nicht. Benommen dreht sie sich um und öffnet die Wohnungstür, um hinauszugehen. Genau solche Dinge sind es, die sie nicht versteht. Marta ist liebevoll, aufmerksam, sieht sie mit Liebe und Verlangen an, wenn es angebracht ist, leugnet aber vehement, dass zwischen ihnen etwas Ernsthaftes besteht.

Mit diesem nachwirkenden, störenden Gedanken steigt Kapitänin Robles ins Auto, schließt die Tür und beginnt wie ein Automat zu fahren.

„Liebling, hörst du mir zu?", holt Marta sie in die Realität zurück.

„Entschuldige, was hast du gesagt?"

„Dass du daran denkst, dass ich heute Abend mit Adrián esse. Wenn du möchtest, mache ich dir das Abendessen fertig, bevor wir zum Mittagessen nach Hause fahren. Ein Omelett vielleicht?"

„Mach dir keine Umstände, du musst nicht kochen", sagt Virginia, während sie in den dritten Kreisverkehr einfährt, der voller hupender Autos ist.

„Du weißt, dass es mir nichts ausmacht, Vir. Wenn du kein Omelett willst, kann ich auch etwas anderes machen", schlägt Pinares vor.

„Ich will nichts, Marta. Ich bestelle mir etwas."

Kapitänin Robles hat diese Ablehnung schroffer ausgesprochen, als sie beabsichtigt hatte. Marta beobachtet sie mit hochgezogenen Augenbrauen, stellt stumme Fragen mit ihrem Blick. Obwohl die Sergeant sonst schnell aus der Haut fährt, hat sie in emotionalen Angelegenheiten mit Virginia viel Geduld, erhebt nicht die Stimme und vermeidet es, sie zu bedrängen.

Virginia nutzt eine rote Ampel, um Martas Oberschenkel zu streicheln und ihr einen keuschen Kuss auf die Lippen zu geben.

„Mach dir keine Sorgen um mich. Genieß das Abendessen mit Adrián, ich bestelle mir etwas Leichtes", schließt sie sanft und versucht, Marta von dem Thema abzubringen.

Der Tag vergeht für Sergeant Pinares wie im Flug, und ehe sie sich versieht, ist sie auf dem Weg zu der amerikanischen Bar, in der sie sich mit ihrem Freund, dem ebenfalls frisch ernannten Sergeant Adrián Torres, verabredet hat. Er wurde vor wenigen Wochen auf eine Basis in der Nähe von Madrid versetzt und zögerte nicht, Marta zu kontaktieren, um sich mit ihr zu treffen.

Pinares kommt früher an als geplant. Es fällt ihr immer noch schwer, die Zeit richtig einzuschätzen, da sie manchmal vergisst, dass sie nicht mehr in Huesca ist und in der spanischen Hauptstadt alles viel schneller geht. Sie bestellt ein Bier und wartet auf ihren Freund, der eintrifft, als sie gerade erst einen Schluck von ihrem Getränk genommen hat.

„Verdammt, Adri, du siehst gut aus", Marta umarmt ihn überschwänglich und zeigt ihm ihre Zuneigung.

„Gleichfalls, Pinares. Der Weggang von dieser Basis hat uns beiden gut getan", antwortet Adrián, während er Platz nimmt.

„Dieser Ort war ein Krebsgeschwür. Er hat Dani

mitgenommen", erinnert sie sich wehmütig, „und uns auch, wenn Kapitänin Robles nicht gekommen wäre."

„Ich habe von der Gruppe gehört, die sie gebildet hat. Ihr seid wie die Pest, alle fliehen vor euch", lacht Torres.

„Ich bin begeistert, Adrián. Du ahnst nicht, wie sich die Dinge in der Armee ändern. Es gibt noch viel zu tun, aber glaub mir, dieses Team war nötig."

„Da bin ich mir sicher. Wenn es euch früher gegeben hätte, wäre Lorenzo vielleicht noch am Leben", seufzt er traurig, hebt sein Bier und lächelt melancholisch, „auf Dani."

„Auf Dani", stößt Sergeant Pinares an. „Du bist zufrieden mit deiner Zuteilung, oder? Ich habe Gutes über dich gehört."

„Endlich bin ich da, wo ich sein wollte, Marta. Meine Arbeit wird anerkannt, und ich fühle mich sehr wohl."

Die Sergeants bringen sich auf den neuesten Stand und erzählen alles, was sie in den Monaten seit ihrem Weggang von der Basis erlebt haben und wie sie an ihren neuen Einsatzorten neu angefangen haben.

Nach einer Stunde spürt Marta, dass ihr Gespräch unvollständig ist, wenn sie nicht über das spricht, was zwischen ihr und Virginia ist. Sie wägt ab, ob sie es Adrián erzählen soll, sieht aber nichts Negatives darin. Sie sind sehr gute Freunde, und sie ist sicher, dass er sich für sie freuen wird.

„Verdammt nochmal!", Adriáns Augen weiten sich wie Untertassen. „Du hast wirklich einen exzellenten Geschmack, Pinares."

Marta lacht schallend und wirft ihm eine

zusammengeknüllte Papierserviette ins Gesicht.

„Es ist nicht nur ihr Aussehen, Adri. Virginia ist brillant, mutig und liebevoll. Man kann sie einfach nicht übersehen. Sogar das Zusammenleben mit ihr ist mühelos."

„Dann ist es also ernst zwischen euch", stellt Torres fest.

„Nein, also, wir lernen uns kennen", wiederholt Marta wie einstudiert. „Ich mag sie sehr und verliebe mich in sie, aber es ist nichts Offizielles."

„Sagtest du nicht, ihr wohnt zusammen?", fragt der Sergeant verwirrt.

„Ja, aber nur wegen der Arbeit. Man hat uns eine Wohnung hier in Madrid zugewiesen, wo unser Büro ist. Wir verbringen nicht viel Zeit dort, wir sind von Basis zu Basis unterwegs. Vor ein paar Tagen sprachen wir darüber. Vir fühlt sich in der kleinen, unpersönlichen Wohnung eingeengt und wollte, dass wir uns gemeinsam etwas Neues suchen, aber ich bin noch nicht so weit in unserer Beziehung", erklärt Marta und nimmt einen langen Schluck von ihrem Bier, als hätte sie tagelang nichts getrunken.

Adrián blinzelt, noch verwirrter als zuvor.

„Das ergibt keinen Sinn, Marta. Ihr lebt bereits zusammen, ich verstehe den Unterschied nicht."

„Das ist etwas anderes, wir teilen uns die Wohnung wegen der Arbeit", beharrt Marta. „Ich bin nicht bereit, offiziell als Paar zusammenzuziehen. Wenn ich sicher bin, dass es eine lebenslange Beziehung oder zumindest für viele Jahre ist, dann werde ich es tun. Im Moment brauche ich meinen Freiraum und möchte es so belassen, wie es ist."

„Und sie schien so unschuldig", wirft Sergeant Torres

ein. „Du willst einfach tun und lassen, was du willst, wann immer du willst."

„Natürlich nicht", lacht Marta, „das ist es nicht, aber..."

Adrián unterbricht sie ohne Umschweife.

„Ich nehme an, dasselbe gilt dann für Kapitänin Robles, oder? Sie kann tun, was sie will und mit wem sie will schlafen, ohne dir Rechenschaft ablegen zu müssen."

Marta spürt einen plötzlichen Schauer, der ihren Rücken hinaufkriecht und ihren ganzen Körper bis zum Kopf durchfährt, als sie sich Virginia nackt mit einer anderen Person im Bett vorstellt. Sie beabsichtigt nicht, andere Frauen zu suchen, aber sie fühlt sich noch nicht bereit, eine Beziehung so schnell zu formalisieren. Sie fürchtet sich davor, sich gefangen zu fühlen, und obwohl sie von den Worten ihres Freundes nicht überzeugt ist, ist sie noch weniger überzeugt davon, eine Frau, ein Haus mit Garten und einen Hund zu haben.

„Ja", stammelt Marta, „sie kann tun, was sie will."

Adrián Torres hebt eine Augenbraue und verzieht den Mund zu einem ironischen Lächeln. Er mag wie ein Kerl wirken, der keine Ahnung von der Liebe hat, aber er ist ein ausgezeichneter Analytiker, und seine Berechnungen trügen nicht. Er weiß mit Sicherheit, dass Marta einen Fehler macht und dass ihr diese Philosophie des freien Mädchens, die sie proklamieren will, früher oder später um die Ohren fliegen wird.

KAPITEL 4

Virginia und Marta verbringen schon fast eine Woche mit dem, was die Kapitänin als Büroarbeit betrachtet – die Art, die sie am meisten langweilt. Angesichts ihres emotionalen Zustands in diesen Tagen erstickt sie das Eingesperrtsein in den vier Wänden des Büros, das ihnen in einer der Militärbasen in Madrid zugewiesen wurde, so sehr, dass ihre Beine sich zwanghaft bewegen, während sie weiterhin Berichte durchgeht, die Del Valle ihr einst als mögliche Kandidaten für eine Untersuchung übergeben hat.

Sie und Marta lesen sie gewissenhaft, machen sich Notizen und unterstreichen Fakten, bis sie etwas finden, das auffällig genug ist, um es in den Fokus zu rücken und zu ihrem nächsten Fall zu machen.

Im Gegensatz zu Virginia ist Sergeant Pinares ruhig. Ihre Schreibtische stehen sich gegenüber, mit dem Rücken zueinander – Virginia hat es am ersten Tag so entschieden, um Ablenkungen zu vermeiden. Marta lümmelt in ihrem Stuhl, liest konzentriert, ohne an etwas anderes als die Arbeit zu denken, völlig ahnungslos gegenüber dem emotionalen Wirbelsturm, den sie in jener Nacht in Virginia entfesselt hat.

„Möchtest du Kaffee?", fragt die Kapitänin.

Marta dreht sich plötzlich um und sieht sie neben dem kleinen Möbelstück in der Ecke stehen, wo sie eine Kaffeemaschine und einen Wasserkocher haben.

„Willst du noch einen trinken?", fragt sie überrascht. „Du hattest heute Morgen schon drei, Vir. Möchtest du nicht lieber einen Kräutertee?"

„Ich habe Lust auf Kaffee. Soll ich dir etwas zubereiten?"

„Einen Pfefferminztee, bitte."

Diesmal beobachtet Marta die Kapitänin, während sie die Getränke zubereitet. Manchmal hat sie das Gefühl, dass Virginia in letzter Zeit unter ständiger Anspannung steht, aber wenn sie nachfragt, versichert Virginia ihr, dass nichts los sei. Da Marta weiß, dass das Eingesperrtsein im Büro sie mit der Zeit nervös macht, akzeptiert sie diese Erklärung als gültig.

„Hier", Virginia reicht ihr die Tasse und stellt sie auf den Untersetzer auf ihrem Schreibtisch.

„Danke."

Marta packt Virginias T-Shirt mit einer besitzergreifenden Geste und zieht sie zu sich. Virginia, die diese spontanen Gesten der Sergeant liebt, lächelt, bevor sie sich hinunterbeugt und Marta den Kuss gibt, nach dem sie verlangt.

„Wir könnten die Tür verriegeln und...", sagt Marta, die erregt wurde, als sie Virginias Brust beim Ziehen am T-Shirt sah.

„Wir arbeiten", lächelt Virginia und zieht sich zurück,

ebenfalls beschleunigt.

Die Kapitänin kehrt zu ihrem Schreibtisch zurück und setzt sich mit dem Rücken zu Marta, während sie deren klagende Beschwerden hört. Ihr Puls rast, und sie weiß, dass es nicht nur daran liegt, dass Marta sie erregt hat. Seit ein paar Tagen bemerkt sie, dass ihr Herz plötzlich zu rasen beginnt, ohne dass sie es kontrollieren kann, und dann fühlt sie sich bedrängt und hat das Gefühl, keine Luft zu bekommen. Virginia ist nicht dumm und erkennt diese Symptome als Angstzustände, aber sie weigert sich, sich davon kontrollieren zu lassen. Sie fixiert ihren Blick auf den Bildschirm und versucht, sich auf den Bericht zu konzentrieren, den sie las, als eine E-Mail-Benachrichtigung im Posteingang aufpoppt.

Sie kennt den Absender nicht, aber der Betreff erregt sofort ihre Aufmerksamkeit: „Informationen in Ihrem Interesse". Virginia öffnet sie und beginnt konzentriert zu lesen, wobei sie ihre frisch gebrühte Tasse Kaffee völlig vergisst.

„Ich glaube, wir haben etwas, Marta."

Die Sergeant dreht sich mit ihrem Stuhl und rollt an Virginias Seite.

„Erzähl", fordert sie neugierig.

„Ich habe gerade eine E-Mail erhalten", Virginia deutet auf den Bildschirm. „Es ist von jemandem, der behauptet, zu einer Basis in der Nähe von Burgos zu gehören, wo angeblich eine Soldatin verschwunden ist."

„Verschwunden?", wiederholt Marta mit hochgezogenen Augenbrauen. „Unter welchen Umständen?"

„Er gibt keine spezifischen Details. Er identifiziert sich auch nicht, weil er Angst hat, dass ihm etwas zustoßen könnte. Er behauptet, sicher zu sein, dass hinter dem Verschwinden der Soldatin ein Leutnant derselben Basis steckt, der sie seit Wochen belästigt hat."

„Und er sagt sonst nichts?", runzelt Marta die Stirn.

„Nein."

„Das ist nicht viel, Vir", verzieht sie das Gesicht.

„Nein, ist es nicht. Tatsächlich ist es Mist."

„Und was werden wir tun? Werden wir zu dieser Basis fahren, um zu sehen, was zum Teufel los ist?"

„Auf keinen Fall. Bevor wir uns bewegen, müssen wir bestätigen, dass das, was er sagt, wahr ist. Ich schaue täglich Nachrichten auf meinem Handy und habe nichts über das Verschwinden einer Soldatin gesehen. Ich werde Del Valle anrufen, ihm wird ein Anruf genügen, um die Informationen zu bekommen."

„Und wenn es stimmt, dass sie verschwunden ist, was ist der nächste Schritt?"

„Dorthin gehen und mit diesem Typ sprechen. Er ist nicht bereit, Informationen per E-Mail oder Telefon zu geben, aber persönlich schon, solange es an einem Ort ist, den er auswählt", erklärt die Kapitänin.

„Verdammt, ein bisschen paranoid, oder?", hebt Marta die Augenbrauen.

„Nun, wenn er mit dem, was er sagt, wirklich Recht hat, tut er gut daran, sich zu schützen."

Virginia nimmt das Festnetztelefon auf ihrem Schreibtisch ab und wählt aus dem Gedächtnis die Nummer von Jorge Del Valle. Sobald er abhebt, erklärt die

Kapitänin ihm dasselbe, was sie Marta gerade erzählt hat, und bittet ihn zu untersuchen, ob tatsächlich jemand auf dieser Basis verschwunden ist.

„In Ordnung, lass mich ein paar Anrufe tätigen", bittet der General.

„Danke, Jorge."

„Weißt du was? Es ist sehr seltsam, dich so vertraut mit einem Mann wie Del Valle sprechen zu hören", sagt Marta, als Virginia auflegt. „Er ist die höchste Autorität, mir flößt er einen Heidenrespekt ein, und du redest mit ihm, als wäre er dein Kumpel", sagt sie mit weit aufgerissenen Augen.

Virginia lacht laut und zuckt mit den Schultern.

„Was soll ich sagen, als ich ihn kennenlernte, hatte er noch nicht die Position, die er jetzt hat, und Gewohnheit ist eben Gewohnheit."

„Ja, ich nehme an", lächelt auch Marta, „und es ist großartig, die Unterstützung von jemandem wie ihm zu haben, er kann dir viele Türen öffnen."

Martas Kommentar ist völlig unschuldig, aber Virginia fühlt sich, als würde ihr ein Stein auf den Kopf fallen, als sie ihn hört. Sie hat ihr nichts von der Position erzählt, die Jorge ihr angeboten hat. Es ist nicht so, dass sie es absichtlich verheimlichen will, aber während jenes Gesprächs fühlte Virginia, dass sie in der Beziehung zu weit gegangen war, während Marta noch am Anfang zu stehen schien, und sie ist sich nicht sicher, ob die Sergeant möchte, dass sie sie in so ernste Entscheidungen wie diese einbezieht. Marta hat ihre Position sehr klar gemacht; ihrer Meinung nach lernen sie sich noch kennen, weshalb Virginia nicht mehr weiß, inwieweit sie sich ihr öffnen kann, ohne die Grenzen zu überschreiten, die die Sergeant zu setzen scheint und die sie nicht kennt.

Plötzlich ertappt Virginia sich bei dem Gedanken, dass sie hofft, dieses Mädchen sei tatsächlich verschwunden und sie müssten zu dieser Basis in Burgos fahren. Dort ist Carlota, Daniel Lorenzos Schwester, auch ihre Ex und mittlerweile eine gute Freundin. Genau das braucht sie jetzt: mit jemandem Vertrautem über ihre Gefühle zu sprechen, zu erklären, was in ihr vorgeht, und Hilfe zu bekommen, um diese Verwirrung zu klären, die sie innerlich zerfrisst.

Das Klingeln des Telefons lässt sie zusammenzucken. Ihre Hand zittert, als sie danach greift, weil sie sich elend fühlt, das Verschwinden eines Mädchens herbeigesehnt zu haben, nur um sich selbst auszusprechen. Virginia betet im Stillen, während sie abhebt, dass Del Valles Antwort lauten möge, alles sei ein Schwindel und der Typ von der E-Mail habe ihnen nur einen schlechten Scherz gespielt.

„Sag's mir, Jorge."

„Bestätigt", antwortet der Stabschef und lässt Virginias Herz einen Satz machen. „Das Mädchen ist seit ein paar Tagen verschwunden. Die Nachricht ist bisher nicht an die Medien gelangt, aber das wird nicht lange so bleiben."

„Ist sie in der Basis verschwunden?", fragt die Kapitänin.

„Nein, nach dem Wenigen, was man mir erzählt hat, wurde sie zuletzt gesehen, als sie eine Bar im Dorf verließ. Ab da verliert sich ihre Spur. Der Oberst, der die Basis leitet, hat all seine Männer in Zusammenarbeit mit der Guardia Civil das Gebiet durchkämmen lassen. Ich habe keine weiteren Einzelheiten, aber wenn dieser Typ dir gesagt hat, dass ein Leutnant sie belästigt hat, solltet ihr hingehen und es untersuchen."

„In Ordnung, wenn du grünes Licht gibst, können wir noch heute aufbrechen."

„Einverstanden. Mein Assistent wird euch die Adresse eurer Unterkunft in der Gegend zukommen lassen. Ich kenne dort jemanden, einen sehr guten und vertrauenswürdigen Ermittler. Ich werde ihm sagen, er soll sich mit euch in Verbindung setzen und euch für alles, was ihr braucht, zur Verfügung stehen."

„Perfekt, wir bleiben in Kontakt, Jorge."

Virginia legt auf und seufzt.

„Gehen wir auf Reisen?", lächelt Marta, und sie nickt mit einer Grimasse.

„Ich werde diesem Typen eine E-Mail schicken und ihm sagen, dass wir kommen. Er soll mir mitteilen, wo er uns treffen will."

„Toll, ich hole den Laptop", sagt Marta, bevor sie Virginia einen Kuss auf die Wange gibt.

Virginia spürt eine Art plötzlichen Schwindel. Wieder brechen sie zu einer Reise auf, und wenn sie zurückkehren, werden sie in diese Wohnung zurückkommen, in der sie sich nicht mehr wohl fühlt. Wenn sie ihr vorher unpersönlich erschien, kommt es ihr nach dem Gespräch mit Marta vor, als kehre sie in etwas zurück, das einem Hotel ähnelt, einem Durchgangsort, und das ist nicht das, was sie will. Zum ersten Mal seit jener verhängnisvollen Nacht ist Virginia eine Sache klar: Wenn für Marta ihr Zusammenleben nur auf etwas Beruflichem basiert, ist es das Beste, wenn sie getrennt leben. Die Kapitänin hat gerade beschlossen, dass sie bei ihrer Rückkehr eine eigene Wohnung suchen wird, so sehr der Gedanke daran auch schmerzt.

KAPITEL 5

Sie erreichen die Provinz Burgos, wo sich die Basis befindet, auf der die Soldatin María Teresa Romero stationiert war. Kaum betreten sie die Wohnung, die Jorge del Valle für sie organisiert hat, spürt Virginia einen Stich in der Brust, als sie sieht, wie Marta mit einem riesigen Lächeln auf den Lippen das Schlafzimmer betritt und sich rücklings mit ausgebreiteten Armen und einem Ausdruck des Wohlbehagens auf das Bett wirft. Kapitänin Robles ist klar, dass ihre Partnerin diese Durchgangsorte genießt, unpersönlich und ohne etwas, das sie bindet – wie ihre Beziehung, denkt Virginia.

„Verdammt, Vir! Komm und leg dich auf diese Matratze, es ist die bequemste, die ich je ausprobiert habe", sagt Marta so begeistert, dass Virginia nicht anders kann, als zu lächeln, obwohl in ihrem Kopf ein gewaltiger Sturm tobt.

„Wenn du da liegenbliebst, schläfst du ein", sagt die Kapitänin, als sie sieht, wie Marta genüsslich die Augen schließt. „Komm schon, wir haben in einer Stunde einen Termin, und der Ort ist weit von hier entfernt."

„Ich verstehe immer noch nicht all dieses Geheimnis.

Es gibt mir kein gutes Gefühl, dass er uns dorthin bestellt und uns keine weiteren Informationen gibt."

„Mach dir keine Sorgen, Jorge hat dafür gesorgt, dass wir gut geschützt sind. Ich bin auch nicht begeistert von der Situation", bestätigt Virginia, „aber wenn das, was diese Person sagt, wahr ist und sie relevante Informationen hat, hätten wir etwas Großes in der Hand."

Marta nickt zustimmend zu Virginias Worten und bleibt wie verzaubert stehen, während sie sie anstarrt und darüber nachdenkt, wie glücklich sie ist, eine so intelligente Frau an ihrer Seite zu haben, mit einer inneren Stärke, die jeden allein durch ihre bloße Anwesenheit zum Zittern bringen kann. Sie lächelt, als sie sieht, wie die Kapitänin sie mit zusammengezogenen Augenbrauen ansieht, in einer klaren Geste des „Woran denkst du gerade?".

Marta erhebt sich von dem weichen Bett und umfasst Virginias Taille. Sie küsst sie tief, ihre nervöse Zunge bewegt sich durch die ganze Mundhöhle und lässt beide taumeln und ein lustvolles Stöhnen ausstoßen, das einem Moment ungezügelter Leidenschaft vorausgeht.

Virginia tritt einen Schritt zurück, ihr Atem geht schnell. „Halt still", zischt sie. „Wir dürfen nicht zu spät kommen."

Sergeant Pinares' Augen funkeln vor Verlangen. „Nur schnell", fleht sie. Ihre Stimme ist heiser vor Begierde.

Virginia wirft einen Blick auf ihre Armbanduhr. Die Zeit drängt. „Ich kenne deine 'schnellen' Nummern", erwidert sie mit einem Hauch von Belustigung in der Stimme. „Lass uns gehen. Das Auto wartet bestimmt schon."

Marta verzieht den Mund zu einem kindlichen Schmollmund. Sie drückt Virginia einen dieser Küsse auf die Wange, die die Kapitänin jedes Mal entwaffnen. Virginia kann nicht anders, als zu lächeln. Ein Seufzer entfährt ihr. Wie schnell hat sie Marta in ihr Herz geschlossen, und wie gut fühlt es sich an, wenn sie so zusammen sind. Für einen Moment vergisst sie das andere Thema, das sie so quält.

„Du schuldest mir aber eine heiße Nacht", neckt Marta mit diesem schelmischen Halblächeln, das sie aufsetzt, wenn ihre Erregung gefährliche Höhen erreicht.

Virginia hebt eine Augenbraue. „Mal sehen", erwidert sie mit gespielter Coolness. „Wenn du brav bist, gibt es vielleicht eine Belohnung."

„Oh! Dann werde ich die Bravste auf dem ganzen Planeten sein."

Beide lächeln, während sie die Treppe hinuntergehen. Wie Virginia vermutet hat, warten bereits zwei Männer in einem Auto auf sie. Die Kapitänin weiß, dass es sich um gut ausgebildete Militärs handelt - die Art, die immer in Zivil unterwegs ist und die diskretesten Aufträge für hochrangige Offiziere erledigt. Sie fühlt sich sicher in ihrer Begleitung, will aber auch nicht, dass deren Anwesenheit ihren Kontakt verschreckt und sie ohne Informationen dastehen.

Nach einer halben Fahrt erreichen sie einen völlig verlassenen Park. Wo einst Schaukeln und Rutschen standen, gibt es jetzt nur noch Erde, Steine und rostige Konstruktionen. Einer der Männer im Auto macht

Anstalten auszusteigen. Virginia hält ihn sanft am Arm zurück.

„Das ist nicht nötig", sagt sie mit fester Stimme, als der Angesprochene sich mit gerunzelter Stirn zu ihr umdreht. „Die Person, mit der wir uns treffen, beobachtet wahrscheinlich die Gegend. Ich möchte nicht, dass sie wegläuft, wenn sie euch sieht."

„Tut mir leid, Kapitänin, aber die Befehle lauten-"

„Hier erteile ich die Befehle", unterbricht Virginia ihn in einem Ton, der keinen Widerspruch duldet. Ihre Augen blitzen gefährlich. „Eure Aufgabe ist es, auf uns aufzupassen, und ich will eure Mission nicht behindern. Aber wenn sie meine beeinträchtigt, haben wir ein Problem. Bleibt in der Gegend. Wir gehen zum anderen Ende des Parks. Wenn ihr hinten herumfahrt, habt ihr sicher einen guten Überblick und seid nah genug, um einzugreifen, falls ihr Gefahr erkennt."

Der Soldat mustert sie einige Sekunden lang. Dann nickt er kaum merklich, um zu zeigen, dass er sie verstanden hat, aber nicht mit ihrer Haltung einverstanden ist. Virginia öffnet die Tür und steigt zusammen mit Marta aus, die die ganze Zeit über geschwiegen hat. Obwohl sie miteinander schlafen und privat Zeit miteinander verbringen, hat Virginia ihr mehr als einmal unmissverständlich klar gemacht, dass sie ihre Vorgesetzte ist und dass Marta weder ihre Entscheidungen noch ihre Pläne in Frage stellen darf.

„Pinares", sagt die Kapitänin mit erstaunlicher Kälte in der Stimme. Ihre Augen sind hart wie Stahl. „Halte die Augen offen und sei aufmerksam. Bleib ein paar Schritte hinter mir. Wenn der Kontakt eintrifft, führe ich das Gespräch. Ich möchte nicht, dass er sich bedrängt fühlt oder das Gefühl hat, verhört zu werden. Es ist wichtig, dass er uns alles erzählt, was er weiß."

Marta will gerade den Mund öffnen, als sie eine schlaksige Gestalt in einer Ecke des Parks entdeckt. Die Person versteckt sich unter einem Kapuzenpullover, der ihr Gesicht verbirgt, und blickt nervös von einer Seite zur anderen, die Hände in den Taschen des Kleidungsstücks vergraben. Sergeant Pinares hat ein ungutes Gefühl. Vor ihrem inneren Auge taucht das Bild von jenem Mal auf, als Virginia so übel zugerichtet wurde, dass sie tagelang schwer angeschlagen war. Die Angst schnürt ihr die Kehle zu. Instinktiv streckt sie die Hand aus und packt ihre Vorgesetzte am Arm.

„Das gefällt mir nicht, Virginia", flüstert sie eindringlich. Ihre Stimme zittert leicht. „Wir sollten umkehren."

Virginia legt ihre Hand auf Martas und drückt sie sanft. „Ich werde mit ihm sprechen", erklärt sie ruhig. Ihre Stimme ist weich, aber bestimmt. „Wenn er uns schaden wollte, hätte er uns nicht hierher bestellt, sondern an einen geschlossenen Ort mit weniger Überwachung. Er ist nicht dumm. Er wird wissen, dass wir in Begleitung sind."

Mit diesen Worten löst sie sich aus Martas Griff und geht direkt auf die Person zu, die zwar die beiden bemerkt hat, aber immer noch unruhig in alle Richtungen blickt.

„Nimm die Hände aus dem Pullover und zieh die Kapuze runter", fordert Virginia. Sie ist stehen geblieben, mehrere Meter von dem Mann entfernt.

„Ich habe nichts in den Taschen", erwidert der Vermummte, ohne ihr in die Augen zu sehen. Seine Stimme klingt angespannt.

„Wie heißt du?", fragt Kapitänin Roblas, ohne sich von der Stelle zu rühren. Ihre Haltung ist angespannt, bereit für alles.

„Das spielt keine Rolle", antwortet der geheimnisvolle Mann. Dieses Mal sieht er ihr direkt ins Gesicht. Seine Augen sind dunkel und undurchdringlich. „Sie müssen nicht wissen, wer ich bin, um zu hören, was ich zu sagen habe."

Virginia kneift sich in den Nasenrücken und fährt sich dann mit den Fingern über die Stirn, um sich zu beruhigen. Schon immer hatte sie einen harten Charakter, aber in letzter Zeit braucht es nur wenig, um sie aus der Fassung zu bringen. Es fällt ihr schwer, diese Ausbrüche zu kontrollieren, und sie weiß, dass es an der Situation mit Marta liegt. Sie, die nie ihr Privatleben mit der Arbeit vermischt hat, hat nun Mühe, das eine vom anderen zu trennen.

Die Luft knistert vor Spannung, als Virginia ihre Augen auf den Mann vor ihr richtet. Ihre Stimme ist ruhig, aber in ihrem Inneren brodelt es vor Wut. „Sag mir deinen Namen, damit ich dich ansprechen kann", fordert sie ihn auf.

„Felipe", erwidert er zögernd.

Virginia wiederholt den Namen, jede Silbe betonend. Sie weiß, dass es eine Lüge ist. „Gut, Felipe. Ich gebe dir eine Minute, um zu überlegen, ob das wirklich der Name ist, den du mir geben möchtest." Ihre Augen funkeln gefährlich. „Ich bin den ganzen Weg von Madrid hierher gekommen, blind einem Typen folgend, der behauptet, Informationen über jemanden zu haben, der verschwunden ist. Statt mir die Sache zu erleichtern, versteckst du dich wie ein misstrauischer Dieb."

Marta spürt, wie sich ihr Körper anspannt. Sie findet, dass Virginia übertreibt, besonders angesichts des verängstigten Ausdrucks auf dem Gesicht des Mannes. „Virginia", flüstert sie und tritt näher an ihre Kollegin heran.

„Hauptmann Robles, Pinares", korrigiert Virginia scharf, ihre Augen hart wie Stahl. „Zurück an Ihren Platz. Du hast noch dreißig Sekunden, Felipe."

Die Stille im Park wird nur vom leisen Rascheln der Blätter unterbrochen. Der Mann ringt sichtlich mit sich selbst, bevor er endlich spricht: „Ich bin Unteroffizier Jaime Fernández, Hauptmann."

Virginias Körperhaltung entspannt sich minimal. „Viel besser, Unteroffizier. Jetzt können wir ohne dieses ganze Geheimnis reden."

„Es tut mir leid, Hauptmann", sagt Fernández, seine Stimme rau vor Anspannung. „Aber verstehen Sie, es fällt mir schwer, jemandem zu vertrauen. Es hat mich viel Überwindung gekostet, Ihnen diese E-Mail zu schicken, aber ich schulde es María Teresa."

Virginia nickt, ihr Ton wird weicher. „Ich verstehe das, Fernández. Aber denken Sie auch daran, dass das hier eine Falle hätte sein können. Ich leite jetzt ein Team, das in unserem eigenen Militär nicht sehr beliebt ist. Ich kann mir keine Schwäche erlauben." Sie atmet tief ein, der Duft von frisch gemähtem Gras erfüllt ihre Nase. „Jetzt erzählen Sie mir bitte, was Sie wissen."

Fernández lässt die angestaute Luft aus seinen Lungen entweichen. Er vertraut der Hauptmann nicht vollständig, aber er spürt, dass sie eine Frau ist, die weiß, was sie tut. Vielleicht kann sie ihm helfen, seine Kollegin und Freundin María Teresa Romero zu finden.

„Es geht um Soldatin Romero", beginnt er, seine Stimme leise, aber fest. „Sie arbeitet seit einiger Zeit mit mir auf der Basis. Ein Mädchen mit einer makellosen Akte, sehr effizient in ihrer Arbeit." Er hält inne, seine Augen glänzen feucht. „Eines Tages fing sie an, sich seltsam zu verhalten. Nervös, vielleicht sogar paranoid. Ich fragte sie nach dem Grund, aber sie sagte, es sei nichts."

Virginia nickt ihm aufmunternd zu. „Fahren Sie fort, Fernández."

„Etwa zwei Wochen später bemerkte ich, dass sie nicht an ihrem Posten war. Ich ging sie suchen, dachte, sie wäre in der Kantine. Aber dort war sie nicht." Seine Stimme wird leiser, als würde er ein Geheimnis preisgeben. „Ich lief durch die Basis und sah sie in der Ferne mit einem Vorgesetzten streiten."

Marta und Virginia heben synchron die Augenbrauen. Nicht aus Überraschung über diese Information, sondern weil sie das Schlimmste befürchten. Sie haben Erfahrung mit Machtmissbrauch innerhalb der Stützpunkte.

„Sie schien sehr wütend zu sein", fährt Jaime fort, sein Blick in die Ferne gerichtet, als würde er die Szene noch einmal durchleben. „Er starrte sie einfach an, ohne etwas zu sagen oder zu tun. Sobald Romero wegging, kehrte ich zu unserem Posten zurück und beschloss, sie zu fragen."

„Und was hat sie Ihnen gesagt?", fragt Virginia, ihre Stimme sanft, aber bestimmt. „Ich brauche den Namen dieses Vorgesetzten."

„Zuerst weigerte sie sich zu sprechen", erwidert Jaime, sein Gesicht verdunkelt sich. „Aber ich drängte sie, weil ich weiß, was in solchen Fällen oft passiert." Er schüttelt traurig den Kopf. „María Teresa ist ein sehr hübsches Mädchen, wissen Sie? Intelligent und sehr lustig. Ich war mir sicher, dass dieses Schwein sie belästigte."

„Und Sie lagen nicht falsch", stellt Virginia fest, ihre Stimme hart wie Granit.

„Nein, ich lag nicht falsch", bestätigt Fernández, seine Augen treffen auf Virginias. „Oberleutnant Miguel Barrios belästigte Romero seit Monaten. Am Anfang war es laut ihr sehr diskret. Er beschränkte sich darauf, sie anzustarren, wann immer er sie sah, oder sich in der Kantine in ihre Nähe zu setzen. Aber dann wurde es schlimmer. Er tauchte an ihrem Posten auf, wartete am Ausgang der Basis auf sie, verfolgte sie sogar außerhalb des Dienstes."

Virginia spürt, wie ihr Herz schneller schlägt, als sie die nächste Frage stellt. „Hat er sie missbraucht?" Die Worte fühlen sich schwer auf ihrer Zunge an, aber sie weiß, wie wichtig diese Information ist.

Jaime starrt sie an, seine Augen spiegeln die Qualen wider, die er durchlebt. Der Gedanke an María Teresa lässt seinen Atem stocken, die Angst, sie nie wiederzusehen, schnürt ihm die Kehle zu. „Nein", bringt er hervor, „Miguel Barrios ist nicht so weit gegangen. Zumindest bis zu ihrem Verschwinden beschränkte sich der Leutnant darauf, sie zum Essen oder auf ein Bier einzuladen." Er holt tief Luft, der Duft von frisch gemähtem Gras erfüllt seine Nase. „An dem Tag, als ich sie streiten sah, hatte Romero ihn dabei erwischt, wie er heimlich Fotos von ihr machte. Sie konnte es nicht mehr ertragen und stellte ihn zur Rede."

„Hat Barrios sie in diesem Streit oder zu einem anderen Zeitpunkt bedroht?", fragt Virginia, ihre Stimme sanft, aber bestimmt.

„Nicht dass ich wüsste", erwidert Jaime. „Sie sagte mir, der Leutnant sei überrascht gewesen, als sie ihn konfrontierte. Er schien beschämt und irgendwie ängstlich."

„Ängstlich?", mischt sich Marta ein, ihre Neugier überwindet ihr Schweigen. „Hatte er Angst, dass Romero ihn anzeigen würde?"

Jaime schüttelt den Kopf. „Eher, dass seine Frau es herausfindet. Miguel Barrios ist verheiratet, aber wie ihr seht, hat ihn das nicht davon abgehalten, anderen Frauen nachzustellen." Der Ekel in seiner Stimme ist unverkennbar.

Marta schnaubt wütend, ihr Gesicht verzieht sich vor Abscheu. Sie ist es leid, immer wieder dasselbe Muster zu sehen: Männer in höheren Rängen, die Frauen belästigen, die aus Angst oder Misstrauen nicht in der Lage sind, es zu melden.

„Aber María Teresa war entschlossen, ihn anzuzeigen", fährt Jaime fort, seine Stimme zittert vor Emotionen. „Das war das Letzte, worüber wir sprachen. Sie sagte, ihr sei nichts passiert, weil sie eine starke, entschlossene Frau sei. Aber nicht alle seien so, und sie würde nicht zulassen, dass Schwächere wegen eines Perversen leiden müssten."

Virginia nickt nachdenklich. „All das ist wertvolle Information, Unteroffizier, aber es reicht nicht aus, um Miguel Barrios mit dem Verschwinden von Soldatin Romero in Verbindung zu bringen." Ihre Stimme klingt resigniert, sie kennt die Gesetze nur zu gut.

„Ich bin sicher, dass er etwas damit zu tun hat, Hauptmann", beharrt Jaime. Seine Augen flackern im Sonnenlicht. „In der Nacht, als María Teresa verschwand, waren wir zusammen in einer Bar. Sie war müde und ging früh. Ich blieb noch. Ich sah Leutnant Barrios dort und wie er ihr aus der Bar folgte."

Martas Stimme bebt vor Empörung. „Wenn Sie wussten, dass Barrios sie belästigte, warum sind Sie ihr nicht gefolgt?" Virginia wirft ihrer Kollegin einen warnenden Blick zu, bereit einzugreifen, falls die Situation eskaliert.

Jaime bricht in Tränen aus, sein Körper zittert vor unterdrücktem Schmerz. „Es tut mir so leid", schluchzt er. „Barrios war nie gewalttätig gewesen. Ich dachte, er wollte nur mit ihr reden, sich entschuldigen oder sie bitten, seiner Frau nichts zu sagen." Er schluckt schwer. „Ich... Ich blieb bei einer Frau, die ich dort kennengelernt hatte. Es war lange her, dass ich mich für jemanden interessiert hatte, und ich wollte den Abend genießen."

Marta ballt ihre Fäuste, ihr Gesicht hart wie Stein. Sie kann nicht glauben, dass der Unteroffizier, der behauptet, ein guter Freund der Vermissten zu sein, so gehandelt hat. Virginia spürt die Spannung und tritt zwischen die beiden.

„Ich brauche Sie als meine Augen in der Basis, Fernández", sagt Virginia, ihre Stimme weich, aber bestimmt. „Wir werden Barrios untersuchen, mit María Teresas Familie sprechen und herausfinden, ob sie Anzeige erstattet hat. Ich möchte alles wissen, was dort drinnen passiert. Alles, was Sie sehen oder hören, egal wie unbedeutend es erscheint. Für uns könnte es wertvoll sein." Sie senkt ihre Stimme zu einem Flüstern. „Handeln Sie diskret. Wir werden draußen genug Lärm machen, und ich möchte nicht, dass sich drinnen die Wogen aufbauschen."

Jaime zögert nicht eine Sekunde. „Ja, Hauptmann. Zählen Sie auf mich", sagt er, seine Stimme gebrochen vor Schuld und Schmerz.

„Wir bleiben in Kontakt", verabschiedet sich Virginia und überreicht ihm ihre Karte. Sie dreht sich um und verlässt mit Marta den Park.

„Das riecht nach Ärger", murmelt Marta ernst.

Virginia nickt, ein Hauch von Entschlossenheit in ihren Augen. „Mach dich bereit. Ich bin sicher, wir werden eine ganze Weile in Burgos verbringen."

KAPITEL 6

„Was machen wir jetzt?", fragt Marta, sobald sie wieder im Auto sitzen. Der Geruch von Leder und einem schwachen Hauch von Zigarettenrauch hängt in der Luft.

Virginia seufzt nachdenklich, während sie darauf wartet, dass die beiden Männer, die sie beschützen, ihre Zigaretten draußen fertig rauchen. Ihre Finger trommeln leise auf dem Lenkrad. „Wir fahren zur Basis, um zu sehen, welche Informationen wir über diesen Miguel Barrios bekommen können."

Marta schnaubt, der Ekel über die vielen Abweisungen durch hochrangige Offiziere in jeder besuchten Basis ist in ihrer Stimme deutlich zu hören. „Wäre es nicht besser, zuerst María Teresas Familie zu besuchen? Sie werden uns sicher mehr erzählen als auf der Basis. Dorthin zu gehen ist Zeitverschwendung."

„Vielleicht ist es Zeitverschwendung, aber wir müssen es tun", erwidert Virginia. Ihre Augen blitzen entschlossen. „Wenn wir nicht dort vorbeischauen, geben wir ihnen genau das, was sie wollen - die Freiheit, die Dinge weiterhin auf ihre Art zu machen. Und das werde ich nicht zulassen.

Ich werde eine verdammte Nervensäge sein."

Die Autotüren öffnen sich gleichzeitig mit Martas Lachen. Die frische Luft strömt herein und vertreibt den stickigen Geruch.

„Bringen Sie uns zur Basis", befiehlt Virginia dem Fahrer.

„Wie Sie wünschen", antwortet er dienstbeflissen.

Die beiden Frauen sind überrascht von der großen Bewegung auf der Basis, Soldaten strömen ständig ein und aus. Virginia erwartet, dass man ihnen wie beim letzten Mal schon an der Außenwache Probleme machen wird. Doch als der Soldat anruft, um zu fragen, ob er sie durchlassen kann, sind Virginia und Marta verblüfft, als sich die Schranke hebt und ihnen mitgeteilt wird, dass Oberst Francisco Sebastián sie in seinem Büro empfangen wird.

„Glaubst du, das ist Del Valles Werk?", fragt Marta erstaunt. Der Duft von frisch gemähtem Gras weht durch das offene Fenster. „Vielleicht hat er angerufen und verlangt, dass man uns keine Steine in den Weg legt."

„Das macht er immer, und trotzdem legen sie uns Steine in den Weg", murmelt Virginia. Sie kann den überraschten Ausdruck nicht aus ihrem Gesicht wischen.

Das Auto parkt vor dem Hauptgebäude, und die beiden Frauen steigen aus und betreten das Innere. Der Geruch von Putzmittel und altem Holz empfängt sie.

„Hauptmann Robles?", fragt ein Unteroffizier und salutiert vor ihr.

„Ja, rühren", sagt sie, immer noch verwirrt.

„Unteroffizier Cortés", stellt er sich vor. „Wenn Sie mir

bitte folgen würden, der Oberst erwartet Sie bereits."

Virginia und Marta tauschen einen verwirrten Blick aus und folgen dem Unteroffizier in den obersten Stock, wo er sie vor einer der Türen stehen lässt und zur Seite tritt, damit sie eintreten können. Die Hauptmann klopft zweimal mit den Knöcheln an, bevor sie die Tür öffnet und hineinschaut. Sie findet den Oberst am Fenster stehend vor.

Der Mann, extrem dünn und mit fast weißem Haar, dreht sich um und erwidert den Gruß der Hauptmann und ihrer Untergebenen, als sie sich vorstellen. Seine Augen sind warm und einladend.

„Bitte, nehmen Sie Platz", lädt er sie freundlich ein. Der Duft von Kaffee hängt in der Luft.

Virginia ist sehr misstrauisch und unsicher, ob die scheinbare Freundlichkeit des Obersts aufgesetzt oder wirklich aufrichtig ist. Ihre Schultern sind angespannt.

„Ich habe nicht viel Zeit", sagt er und blickt auf seine Uhr. „In zwanzig Minuten habe ich eine unvermeidliche Besprechung, aber diese ganze Zeit gehört Ihnen. Und wenn das nicht ausreicht, können wir uns später noch einmal treffen."

Marta blinzelt nicht einmal, als sie Virginia aus dem Augenwinkel ansieht und versucht herauszufinden, ob sie genauso verwirrt ist wie sie selbst.

„Lassen Sie uns direkt zur Sache kommen, wenn Sie einverstanden sind", fährt er fort. Seine Stimme ist ruhig und bestimmt. „Ich weiß, dass Sie hier sind, um das Verschwinden der Soldatin Romero zu untersuchen. Ich versichere Ihnen, niemand wünscht sich mehr als ich, dass dieses Mädchen gesund und munter wieder auftaucht.

Also sagen Sie mir, Hauptmann Robles, was möchten Sie wissen?"

„In Ordnung, ich werde auch direkt sein", antwortet die Hauptmann. Ihre Stimme ist fest, aber ein leichtes Zittern verrät ihre Anspannung. „Ich habe Informationen über einen Leutnant, der auf dieser Basis arbeitet und Romero möglicherweise belästigt hat. Wissen Sie etwas darüber?"

„Leutnant Barrios", der Oberst runzelt die Stirn. „Wir untersuchen ihn bereits, und vorerst ist er vom Dienst suspendiert und sein Gehalt eingefroren. Außerdem ist ihm jeglicher Zutritt zur Basis untersagt."

Virginia, überrascht, macht sich Notizen in einem kleinen Notizbuch. Das Kratzen des Stifts auf dem Papier ist das einzige Geräusch im Raum.

„Darf ich fragen, wie Sie von der Belästigung erfahren haben?", fragt Virginia vorsichtig.

„Romero selbst hat es gemeldet."

„Offiziell?", hakt die Hauptmann nach.

„Ja. Sie hat Anzeige erstattet und mich darüber informiert. Seitdem hatte ihre Anwältin freie Hand, um auf dieser Basis zu ermitteln."

„Ihre Anwältin?"

„María Teresa Romero hat eine Anwältin aus Madrid engagiert, die auf solche Fälle von Machtmissbrauch spezialisiert ist."

Virginia kann ihr Erstaunen darüber, wie einfach es ihr fällt, mit dem Oberst zu sprechen, nicht verbergen. Er scheint es bemerkt zu haben.

Die Luft im Büro des Obersts knistert vor Spannung. Virginia spürt, wie ihr Herz schneller schlägt, als sie dem Mann gegenübersitzt, dessen Miene undurchdringlich bleibt.

„Sehen Sie, Robles", beginnt er und faltet die Hände auf dem Schreibtisch. Seine Stimme klingt rau, aber bestimmt. „Ich weiß, womit Sie und die Feldwebelin sich beschäftigen. Mir ist klar, wie schwierig das in manchen Stützpunkten sein muss. Aber ich versichere Ihnen, hier wird das nicht der Fall sein."

Virginia beobachtet, wie sich seine Augen verengen. „Ich stehe auf Ihrer Seite", fährt er fort. Der Geruch von altem Leder und Papier hängt in der Luft. „Die Sache mit Leutnant Barrios habe ich sehr ernst genommen. Ich habe ihn sofort suspendiert, bis alles geklärt ist."

Er lehnt sich vor, seine Stimme wird eindringlich. „Und Romeros Verschwinden nehme ich noch ernster. Ich habe der Guardia Civil alle Soldaten dieser Basis zur Verfügung gestellt, um bei der Suche zu helfen. Ich werde alles in meiner Macht Stehende tun, um zu helfen. Sie müssen mir nur sagen, was Sie brauchen."

Virginia nickt langsam. „Ich danke Ihnen. Können Sie mir sagen, wann Soldatin Romero Anzeige erstattet hat?"

„Vor etwa zehn Tagen", antwortet er prompt. „Ich lasse Ihnen sofort eine Kopie zukommen, falls Sie einen Blick darauf werfen möchten."

Er räuspert sich. „Aber wenn Sie wirklich auf dem Laufenden sein wollen, sollten Sie mit der Anwältin sprechen. Ich hielt es für angemessen, jemanden von außerhalb mit der internen Untersuchung zu beauftragen. Mit ihrer Erfahrung habe ich sie an die Spitze gesetzt. Sie hatte freie Hand, wen sie befragen wollte. Aber jetzt ist alles ein Chaos mit Romeros Verschwinden."

Virginia spürt, wie sich ihr Magen zusammenzieht. „Betrachten Sie Barrios als Verdächtigen? Wurde die Guardia Civil, die das Verschwinden untersucht, über die Belästigung durch diesen Mann informiert?"

Der Oberst seufzt schwer. „Zunächst versuchen wir zu klären, ob es sich um ein freiwilliges oder erzwungenes Verschwinden handelt. Raquel Martínez und ich waren uns einig, diese Information vorerst nicht preiszugeben. Aber wir haben Barrios unter Beobachtung."

„Martínez ist die Anwältin?", fragt Virginia.

„Ja, ich gebe Ihnen gleich ihre Karte", nickt er. „Was die Guardia Civil betrifft, sie kümmern sich um die Befragung möglicher Zeugen und leiten die Suchaktionen. Martínez hat den meisten Kontakt zu ihnen. Als Romero verschwand, ernannte ihre Familie sie auch zur Sprecherin. Diese Frau weiß mehr über Soldatin Romero als jeder andere in diesem Dorf."

Virginia wird klar, dass sie mit ihr sprechen muss. Sie bedankt sich beim Oberst für seine Zeit und Zusammenarbeit.

„Danken Sie mir, indem Sie Soldatin Romero finden", erwidert er und erhebt sich.

Virginia fragt noch nach einem Arbeitsplatz für sie und Feldwebelin Robles. Der Oberst versichert ihr, dass alles vorbereitet sei.

Nachdem der Gefreite Cortés sie in ihr neues Büro geführt und allein gelassen hat, wendet sich Marta an Virginia. Ihre Augen funkeln vor Misstrauen. „Krass", murmelt sie. „Glaubst du, er hat geblufft? Hat er uns die ganze Geschichte vom hilfsbereiten Oberst aufgetischt, damit wir brav sind?"

Virginia lässt sich in ihren Stuhl fallen und lächelt, ohne den Blick von der Feldwebelin abzuwenden. Das Sonnenlicht, das durch das Fenster fällt, lässt Martas Haut golden schimmern. Virginia spürt, wie ihr Herz einen Schlag aussetzt.

„Ehrlich gesagt kam er mir aufrichtig vor", antwortet sie nachdenklich. „Aber ich weiß nicht. Man hat uns überall so viele Steine in den Weg gelegt, dass es mir schwerfällt zu vertrauen."

„Und was machen wir jetzt?", fragt Marta unsicher.

Virginia seufzt leise. „Geben wir ihm einen Vertrauensvorschuss. Immerhin hat er alle unsere Fragen beantwortet. Lass uns mit dieser Raquel sprechen und sehen, was sie zu sagen hat. Wenn der Oberst nicht sauber ist, hat sie es inzwischen bestimmt gemerkt."

„Du hast das Sagen, Kapitänin", lächelt Marta verschmitzt.

Virginia verspürt plötzlich den überwältigenden Drang, aufzustehen, Marta gegen die Wand zu drängen und sich gehen zu lassen. Doch zwei Dinge halten sie in diesem Moment zurück: ihr Pflichtgefühl und dieser unbequeme Gedanke, der sie seit jenem verdammten Gespräch quält, das sie nicht vergessen kann.

KAPITEL 7

„Was hältst du davon, wenn wir in die Bar gehen, wo die Soldatin Romero zuletzt gesehen wurde? Wir könnten gleich zu Mittag essen und uns den Ort ansehen."

Virginias Konzentration auf die Akte der verschwundenen Frau ist so intensiv, dass sie bei Martas Stimme zusammenzuckt. Hauptmann Robles hebt den Blick zur übergroßen Uhr an der Bürowand und stellt erstaunt fest, dass es fast zwei Uhr nachmittags ist.

„Kein Wunder, dass mein Magen schon eine Weile knurrt", Virginia zieht die Augenbrauen hoch. „Gute Idee. Ich mag es, wenn du vorausdenkst und solche wichtigen Details für den Fall berücksichtigst."

Marta verzieht die Lippen zu einem schelmischen Lächeln. „Ich habe einfach schrecklichen Hunger. Ich könnte jetzt alles verschlingen, was ich finde. Ich habe nach Restaurants in der Nähe gesucht, und es stellt sich heraus, dass die Bar, in der María Teresa an jenem Abend war, für die beste Blutwurst im ganzen Dorf bekannt ist. Also dachte ich, wir könnten zwei Fliegen mit einer Klappe schlagen."

„Du hast vielleicht Nerven", lacht Virginia unwillkürlich.

„Aber dir gefällt die Idee, oder?", fragt Marta neckend.

„Ich liebe sie", bestätigt Hauptmann Robles und erhebt sich von dem Stuhl, auf dem sie schon so lange sitzt.

„Könnten wir nicht ein Auto bekommen?", fragt Marta. „Ich fühle mich sicher, wenn wir begleitet werden, aber ich hätte gerne mehr Freiheit. Zum Beispiel, um heute Abend allein essen zu gehen. Ich muss ausnutzen, dass du von hier bist und mir als Fremdenführerin dienen kannst." Sie umfasst Virginias Taille und, nach einem schnellen Blick zur Tür, gibt sie ihr einen so sanften Kuss, dass Virginias Herz zu zerspringen droht.

Hauptmann Robles verliert sich für Sekunden in diesen Augen, die sie so sehr liebt. Wie eine Offenbarung beschließt sie, sich zumindest heute von dem treiben zu lassen, was Marta in ihr auslöst, ohne sich auf das Thema zu konzentrieren, das immer stärker in ihrem Kopf hämmert. Sie will ihren Gedanken eine Pause gönnen. Ihr ist klar, dass ihre Partnerin keine ernsthafte Beziehung will, aber sie ist es leid, den Gründen nachzugrübeln.

„Del Valle wird es nicht erlauben", räuspert sich die Hauptmann. „Aber dieses Dorf ist klein. Wir können uns zum Restaurant bringen und am Ende der Promenade wieder abholen lassen. So können wir nach dem Essen noch spazieren gehen."

„Die Idee gefällt mir. Wenigstens können wir uns ein bisschen entspannen", sagt Marta. Sie schießt einen Pfeil ab, um zu sehen, ob Virginia reden will. „Seit Tagen wirkst du sehr angespannt. Ich mache mir Sorgen, dass etwas mit dir nicht stimmt."

Virginia schweigt einige Sekunden und wägt ab, ob sie die Bombe platzen lassen oder sich hinter einer Lüge verstecken soll. Sie wählt Letzteres.

„Mir fehlt nichts, Liebes. Es ist nur dieser Fall, der mich anspannt. Außerdem bin ich erschöpft. Seit wir angefangen haben zu arbeiten, hatten wir kaum eine Pause."

„Wenn wir hier fertig sind, können wir Del Valle um ein paar Tage Urlaub bitten", sagt Marta sanft, während sie zärtlich Virginias Gesicht streichelt. „Aber du weißt, dass ich für dich da bin, wenn du reden möchtest, oder?"

„Ich weiß, Marta. Aber du kennst mich, manchmal bin ich sehr verschlossen und nicht immer bereit, mich auszusprechen."

Marta sieht ihr direkt in die Augen. Obwohl beide die gleiche Müdigkeit spüren, verrät Virginias Blick, dass da noch etwas anderes ist. Sie beschließt, ihren Freiraum zu respektieren, weil sie weiß, wie stur die Hauptmann sein kann. Virginia wird erst reden, wenn sie sich bereit fühlt. Zwischen ihnen ist alles in Ordnung, deshalb macht sie sich keine Sorgen. Sie konzentriert sich darauf, für Virginia da zu sein, wenn diese sie braucht. Sie küsst sie noch einmal und dreht sich um, um ihr Handy vom Tisch zu nehmen.

„Gehen wir jetzt? Ich habe Hunger."

„Na los, nicht dass du noch zusammenbrichst, wenn wir deinen Bauch nicht bald füllen", sagt Robles mit einem liebevollen Lächeln.

Kurze Zeit später steigen beide Frauen aus dem Wagen,

gefolgt von zwei Leibwächtern, die sich wie Kletten an sie heften. Sie parken in der Straße, in der sich die Bar „La Terraza" befindet, und lassen ihre Blicke wie Falken über die Umgebung schweifen.

„Diese Straße ist kaum belebt. Es wird schwierig, Außenkameras zu finden", bedauert Virginia, während sie die Gegend mit ihren spärlichen Geschäften und vereinzelten Wohnhäusern mustert.

„Das ist die einzige Bar hier", bemerkt Sergeant Pinares, den Blick auf ihr Handy gerichtet. „Laut Internet gibt es ab sieben Uhr abends Cocktails, etwas Musik und mehrere Billard- und Kickertische."

„Lasst uns reingehen und sehen, was wir herausfinden können", sagt Virginia zu den beiden Leibwächtern, deren Gesichter verraten, dass sie seit Stunden nichts gegessen haben. „Setzt euch und esst etwas. Wir werden eine Weile hier sein."

„Ich nehme die Olla Podrida und die Blutwurst mit zwei Spiegeleiern und Kartoffeln", bestellt Marta bei der Kellnerin, während Virginia sie fassungslos anstarrt.

„Und Sie?", fragt das Mädchen die Hauptmann mit gelangweiltem Gesichtsausdruck, lautstark Kaugummi kauend.

„Für mich bitte den Spanferkelbraten vom Holzofen. Marta, so viel Essen wird dir nicht gut bekommen", tadelt Robles, sobald die Kellnerin außer Hörweite ist.

„Ich habe einen Magen aus Stahl", erklärt die Sergeant und reibt sich genüsslich den Bauch.

Virginia schüttelt den Kopf und kramt in ihrer Tasche nach der Visitenkarte der Anwältin, die ihr Oberst

Francisco Sebastián gegeben hat.

„Ich rufe Raquel Martínez an, um einen Termin zu vereinbaren. Vielleicht können wir uns nach dem Essen mit ihr treffen."

„Ja, je früher wir Informationen haben, desto schneller kommen wir mit dem Fall voran."

Hauptmann Robles wählt die Nummer der Anwältin. Beim dritten Klingeln meldet sich eine höfliche, aber bestimmte Stimme. Virginia stellt sich vor und erklärt ohne Umschweife, dass sie einen Termin braucht. Es sei von entscheidender Bedeutung für die Ermittlungen, dass Raquel Martínez ihnen alles mitteilt, was sie über das Verschwinden der Soldatin Romero weiß. Sie wechseln einige Worte und verabschieden sich nach drei Minuten höflich.

„Was hat sie gesagt?", fragt Sergeant Pinares, während sie gierig an einem Stück Brot knabbert.

„Dass sie heute keine Zeit hat, aber morgen früh in der Basis sein wird. Ohne dass ich darum bitten musste, sagte sie, sie würde alle Informationen mitbringen, die sie bisher hat – einschließlich der Fortschritte der Polizei, der Gespräche mit Romero vor ihrem Verschwinden und der Aussagen von Romeros Familie."

Marta neigt den Kopf und reißt die Augen auf, sichtlich erstaunt.

„Ich kann immer noch nicht glauben, wie viel Unterstützung wir bekommen. Dieser Fall wird einzigartig sein, denn ich glaube nicht, dass wir je wieder so behandelt werden."

Virginia lächelt und erblickt die Kellnerin, die immer

noch kaut, als hinge ihr Leben davon ab, während sie ein mit Tellern beladenes Tablett balanciert, das direkt auf ihren Tisch zusteuert. Das Mädchen stellt die Teller unordentlich ab und entfernt sich mit einem gemurmelten „Guten Appetit", das keine der beiden versteht.

„Verdammt, war das lecker, Vir", sagt die Sergeant mit glänzender Stirn und gewölbtem Bauch.

„Möchten Sie noch etwas?", unterbricht die Kaugummi kauende Kellnerin, als sie die leeren Teller sieht.

„Mit dem Besitzer sprechen", sagt Virginia, vielleicht etwas zu schroff.

„Er ist da hinten, aber er geht gleich. Wenn Sie sich nicht beeilen, verpassen Sie ihn", sagt das Mädchen, ohne die geringste Neugier für die Bitte zu zeigen, und legt die handgeschriebene Rechnung auf einem weißen Zettel auf den Tisch.

Virginia steht auf und geht direkt zur Theke, als sie einen älteren, leicht übergewichtigen Mann mit müdem Gesicht erblickt. Ohne zu zögern spricht sie ihn an und stellt sich vor, um ihm einige Fragen zu stellen.

„Die Polizei war schon zweimal hier, und ich habe ihnen alles erzählt, was ich weiß", sagt der Mann, während er Bierflaschen in einen Kühlschrank unter der Registrierkasse stellt.

„Es ist wichtig, dass Sie es auch mir sagen", erklärt Virginia und bemüht sich, so freundlich wie möglich zu klingen. „Wir bearbeiten einen anderen Teil der Ermittlungen und sind gerade erst im Dorf angekommen. Wir konnten noch nicht mit der Guardia Civil sprechen."

Der Mann schnaubt und wischt sich den Schweiß

vom Nacken mit einem Lappen, den er von der Theke genommen hat.

„Nachts bin ich nicht hier. Ich komme meist sehr früh und gehe um diese Zeit, nachdem ich die Kühlschränke und Flaschen für den Abend aufgefüllt habe. Die Polizei hat mit den Angestellten gesprochen, die hier waren, sogar eine Anwältin war da. Aber sie haben alle dasselbe gesagt: Eine ruhige Nacht, nichts Besonderes."

„Haben Sie Kameras?", fragt Virginia.

„Meine Dame, bitte", brummt der Mann. „In diesem Dorf passiert nie etwas, und in der Bar schon gar nicht. Höchstens ein paar Betrunkene, die manchmal übermütig werden und Streit suchen. Aber hier wissen sie: Wer Ärger macht, kommt nicht wieder in meine Bar. Die Kundschaft ist immer dieselbe und benimmt sich in der Regel."

„Es passiert nie etwas, bis es passiert", sagt Virginia gereizt. „Ein Mädchen ist verschwunden, also sagen Sie nicht, dies sei ein ruhiges Dorf. Sagen Sie Ihrem Personal, dass wir vielleicht eines Abends vorbeikommen, um mit ihnen zu sprechen."

Der Mann, dem alles egal zu sein scheint und der nur ausruhen will, fährt mit seiner unterbrochenen Arbeit fort und dreht sich um, um ins Lager zu gehen. Virginia verdreht die Augen und seufzt. Sie wusste, dass nicht jeder so offen mit ihnen sein und ihnen alle benötigten Informationen auf dem Silbertablett servieren würde.

Sie bezahlt die Rechnung für sich und ihre Leibwächter, als sie Marta am selben Platz sitzen sieht, die Ellbogen auf dem Tisch, den Kopf in den Händen.

„Alles in Ordnung?", fragt Robles, die mit wenigen

Schritten bei ihr ist.

„Ich glaube, etwas ist mir nicht bekommen", sagt Marta blass und verschwitzt.

„Ich sagte dir, es war zu viel Essen", tadelt Virginia sie erneut.

„Ich muss schei..., Vir", jammert Marta kläglich.

„Willst du zur Toilette oder hältst du es bis zur Wohnung aus?", fragt die Hauptmann und versucht, nicht laut loszulachen. Marta wird vom Essen überwältigt und kann sich manchmal nicht beherrschen.

„Ich weiß nicht, aber ich habe furchtbare Krämpfe."

„Komm, steh auf, ich begleite dich zur Toilette", bietet Virginia an.

Marta erhebt sich, als würde ihr Körper Tonnen wiegen, und hält sich die Hand vor den Mund, um ein Würgen zu unterdrücken. Sie blickt sich hastig im Lokal um, um die Toilette zu finden, und sobald sie sie entdeckt hat, rennt sie los, als würde ein tollwütiger Hund sie verfolgen. Die Hauptmann und die wenigen verbliebenen Gäste folgen ihr mit den Blicken, bis sie hinter einer Holztür verschwindet.

„Na, dann wohl weder Abendessen noch Spaziergang", murmelt Virginia vor sich hin und setzt sich, um zu warten, bis Marta all die Exzesse, die sie nicht kontrollieren konnte, aus ihrem Körper verbannt hat.

KAPITEL 8

Die Morgensonne kriecht gerade über den Horizont, als Virginia und Marta um Punkt acht Uhr die Tür ihres zugewiesenen Büros auf dem Stützpunkt öffnen. Der Duft frischen Kaffees hängt in der Luft. Gefreiter Cortés, übereifrig wie immer, erinnert die Kapitänin daran, dass er ihr jederzeit zur Verfügung steht.

Kaum schließt sich die Tür hinter ihnen, zischt Marta misstrauisch: „Was, wenn er ein Spitzel ist? Vielleicht wollen sie ihn nur in unserer Nähe haben, um uns zu überwachen."

Virginia lacht, ein warmer Klang, der den Raum erfüllt. Sie tritt näher, ihr Parfüm umhüllt Marta wie eine Umarmung. „Schatz, wir haben vereinbart, ihnen zu vertrauen. Hör auf, dir den Kopf zu zerbrechen. Dein Magen hat uns schon genug Sorgen bereitet."

Marta schmiegt sich an Virginia, ihr Körper warm und vertraut. „Es tut mir so leid wegen letzter Nacht", murmelt sie. Die hastige Flucht zur Toilette im Bar war nur der Anfang gewesen. In ihrer Wohnung verbrachte Marta die nächsten drei Stunden damit, schwitzend und mit

Magenkrämpfen zwischen Bad und Bett zu pendeln.

„Irgendetwas muss verdorben gewesen sein", stöhnt Marta und streicht über ihren Bauch. „Anders kann ich mir diesen Durchfall nicht erklären. Ich glaube, ich habe abgenommen."

Virginia kichert. „Möglich. Aber ich sage immer noch, du hast dich überfressen. Du verschlingst dein Essen ja förmlich."

„Na ja, sicherheitshalber essen wir dort nicht mehr", beschließt Marta.

„Einverstanden. Lass uns jetzt die Unterlagen vom Oberst durchgehen, bevor die Anwältin kommt." Virginias Ton lässt keinen Zweifel daran, dass dies ein Befehl ist.

Um eine Minute vor neun klopft es. Gefreiter Cortés öffnet die Tür und kündigt die Anwältin an. Virginia, die Pünktlichkeit schätzt, ist zufrieden.

„Guten Morgen", grüßt Raquel Martínez. Ihre Stimme füllt den Raum. „Welche von Ihnen ist Kapitänin Robles?"

Virginia erhebt sich, ihr Herz schlägt etwas schneller. Raquel ist genauso, wie sie sie sich nach dem Telefongespräch vorgestellt hat: elegant, selbstsicher und attraktiv. Ihre harten Gesichtszüge strahlen eine faszinierende Stärke aus.

„Guten Morgen", erwidert Virginia. Ihre Stimmen verschmelzen für einen Moment. „Das bin ich. Wir haben telefoniert." Sie schütteln sich die Hände, ein Moment der Spannung zwischen ihnen. „Das ist Sergeant Pinares, meine Kollegin."

Raquel begrüßt auch Marta, doch ihr Blick kehrt zu Virginia zurück. „Setzen wir uns?", schlägt Virginia vor und deutet auf einen runden Tisch in der Ecke.

„Perfekt", stimmt Raquel zu. Ihr Lächeln erreicht ihre Augen. „Und lassen wir die Förmlichkeiten. Wir sind doch etwa im gleichen Alter, oder?"

Virginia und Marta wissen, dass keine Antwort erwartet wird. Raquel rechtfertigt nur ihre Bitte um Informalität.

„Also, was habt ihr für mich?", fragt Raquel. Marta entgeht nicht, dass die Anwältin nur Virginia ansieht.

Virginia spürt die Blicke der beiden Frauen auf sich. Sie atmet tief durch und beginnt: „Der Oberst Sebastián erwähnte, dass du seit Tagen auf der Basis ermittelst, nachdem Soldatin Romero dich wegen der Belästigung durch Leutnant Barrios engagiert hat." Sie ordnet die Dokumente vor sich. „Zuerst möchte ich klarstellen: Wir sind nicht hier, um deine Arbeit zu untergraben. Marta und ich gehören zu einer Spezialeinheit, die ausschließlich... sagen wir, Unregelmäßigkeiten innerhalb der Stützpunkte untersucht."

„Was für Unregelmäßigkeiten?", unterbricht Raquel. Ihre Augen funkeln interessiert.

„Fahrlässigkeit, Machtmissbrauch, Belästigung", erklärt Virginia. Ihre Stimme wird leidenschaftlich. „Unser Team wurde gegründet, um Vertuschungen zu verhindern und die Schuldigen zur Rechenschaft zu ziehen. Mit der Zeit hoffen wir, dass sich die Soldaten sicherer fühlen, Missstände zu melden."

Raquel, spezialisiert auf Klagen gegen Militärangehörige, hat bereits von Virginia und Martas Arbeit gehört. Doch sie will es aus Virginias Mund hören.

„Was ich damit sagen will", fährt Virginia fort, „wir stehen auf derselben Seite. Wir sind hier, weil uns jemand über Barrios' Belästigung von Soldatin Romero informiert hat. Wir wollen nur sicherstellen, dass er bestraft wird, wenn es stimmt."

„Ich versichere dir, es stimmt", sagt Raquel mit Nachdruck. „Ich habe mehrmals mit María Teresa gesprochen, bevor sie verschwand. Dieses Mädchen log nicht, sie hatte keinen Grund dazu." Ihre Stimme wird weich. „Außerdem wisst ihr besser als jeder andere, wie viel Mut es braucht, jemanden innerhalb einer Basis anzuzeigen. Die Vergeltung folgt meist sofort, und Unterstützung gibt es kaum." Sie hebt überrascht die Augenbrauen. „Obwohl ich hier ehrlich gesagt angenehm überrascht bin."

Marta und Virginia tauschen einen Blick. Die Luft knistert vor unausgesprochenen Gedanken. Virginia wagt die Frage, die beiden auf der Zunge brennt: „Vertraust du Oberst Francisco Sebastián?"

Raquel fixiert Virginia mit einem intensiven Blick, bevor sich ihre Lippen zu einem verführerischen Lächeln verziehen. Sie neigt den Kopf in einer Geste, die Virginia aus der Fassung bringt und Marta sichtlich verärgert. Für Raquel ist diese Körpersprache natürlich, sie kann nicht anders, denn die Kapitänin fasziniert sie. Von der Beziehung zwischen Virginia und der Sergeant ahnt sie nichts.

„Ich nehme an, es ging euch wie mir am ersten Tag, als ich mit ihm sprach", sagt Raquel, ihre Stimme wie Samt. „Seine Freundlichkeit und Kooperationsbereitschaft haben mich völlig überrascht."

Die beiden Militärfrauen lächeln nun ihrerseits.

„Aber er ist wirklich so", fährt Raquel fort. Der Duft ihres teuren Parfüms umhüllt die drei Frauen. „Ich habe jahrelang mit allen möglichen hohen Tieren auf Stützpunkten im ganzen Land zu tun gehabt. Wenn es nach Ärger stinkt, arbeiten selbst die ehrenhaftesten Kommandanten selten mit, nur um den Ruf ihrer Basis zu schützen." Sie macht eine Pause, ihre Augen funkeln. „Ich bin nur wenigen begegnet, die bereit waren, den Teppich anzuheben und den Dreck darunter wegzufegen. Aber ich versichere euch, Francisco Sebastián ist einer von ihnen. Er hat mir die Arbeit erleichtert und der Guardia Civil alle verfügbaren Männer und Mittel für die Suche nach María Teresa zur Verfügung gestellt."

„Gut, dann vertrauen wir ihm", sagt Virginia. Ihre Stimme klingt entschlossen. „Ich nehme an, du hast Miguel Barrios verhört?"

„Ja, zweimal", antwortet Raquel. „Wie ihr euch vorstellen könnt, bestreitet er María Teresas Anschuldigungen vollständig. Er behauptet, sie habe alles missverstanden."

„Typisch", schnaubt Marta, ihre Stimme vor Ärger vibrierend.

„Und was ist mit dem Verschwinden?", hakt Virginia nach. „Hast du ihn gefragt, wo er war, als María Teresa zuletzt gesehen wurde?"

„Natürlich", erwidert Raquel. Ihr Blick ruht auf Virginia, als wäre Marta gar nicht im Raum. „Dank der Intervention des Oberst konnte ich beim Verhör durch die

Guardia Civil dabei sein. Er behauptet, zum Zeitpunkt des Verschwindens mit seiner Frau zu Hause gewesen zu sein. Sie hat das bestätigt."

Virginia und Marta tauschen einen vielsagenden Blick aus.

„Was ist los?", fragt die Anwältin, ihre Neugier geweckt.

„Er lügt", erklärt Virginia. Ihre Stimme klingt fest, aber ein leichtes Zittern verrät ihre Anspannung. „María Teresa wurde zuletzt gesehen, als sie die Bar verließ, richtig?"

„Ja", bestätigt Raquel. Ihr Blick bleibt auf Virginia fixiert, als wäre sie hypnotisiert.

„Wir haben einen glaubwürdigen Informanten, der versichert, dass Leutnant Barrios in dieser Bar war und María Teresa folgte, sobald sie ging."

Raquels Mund öffnet sich vor Überraschung. Der Raum scheint plötzlich mit elektrischer Spannung geladen.

„Seid ihr sicher, dass die Quelle zuverlässig ist?", fragt sie, ihre Stimme heiser vor Aufregung.

„Es ist ein Soldat von dieser Basis, ein Freund von Romero", erklärt Virginia. „Ich kann mir kaum vorstellen, dass er lügt."

„Ich kann verstehen, dass Barrios lügt und seine Frau ihn deckt", sagt Raquel nachdenklich. „Aber die Guardia Civil hat auch mit den Leuten in der Bar gesprochen, einschließlich des Besitzers. Niemand erwähnte die Anwesenheit des Leutnants."

„Vielleicht wollten sie keinen Ärger", theoretisiert Virginia. „Nach dem Motto: Ich weiß von nichts, dann lässt man mich in Ruhe."

„Was für Arschlöcher", empört sich Raquel. Virginia

kann ein amüsiertes Lächeln nicht unterdrücken. Die Anwältin gefällt ihr.

„Die Welt ist voll davon", seufzt Virginia. „Was die Belästigung angeht - hast du Beweise? Ich nehme an, du hast mit den Soldaten aus Romeros Zug gesprochen?"

„Ja, mit vielen", bestätigt Raquel. „Viele sagen, der Leutnant habe ihr viel Aufmerksamkeit geschenkt, was für ihre Kameradin vielleicht etwas unangenehm war. Aber darüber hinaus haben sie nichts gesehen." Sie runzelt die Stirn. „Im Grunde steht Aussage gegen Aussage. Und mit ihrem Verschwinden wissen wir ja, wie das ausgeht. Aber wenn dieser Mistkerl gelogen hat und dort war..." Sie schüttelt den Kopf und seufzt schwer. „Er ist der Einzige mit einem Motiv, sie aus dem Weg zu räumen."

„Ja", stimmt die Kapitänin zu. Ihre Augen blitzen entschlossen. „Wir sollten noch einmal mit ihm sprechen."

„Sollen wir es nicht der Guardia Civil melden?", fragt Raquel stirnrunzelnd.

„Doch, natürlich", versichert Virginia. „Sie müssen ihre Arbeit machen. Aber ich muss auch meine tun. Ich werde parallel meine eigenen Methoden verfolgen."

Raquel atmet erleichtert aus. Für einen Moment hatte sie befürchtet, die Kapitänin könnte zu denen gehören, die auf eigene Faust handeln, die sich profilieren wollen und dafür sogar die Ermittlungen behindern würden - auf Kosten des Lebens der Soldatin. Aber das ist nicht der Fall, und das macht Virginia in ihren Augen noch attraktiver.

„Wenn es euch recht ist", schlägt Raquel vor, ihre Stimme sanft, „kann ich den Sergeanten, der die Ermittlungen leitet, über das informieren, was du mir erzählt hast. Ich habe direkten Kontakt zu ihm."

„Einverstanden", nickt Virginia. Ihre Augen treffen Raquels, und für einen Moment scheint die Welt stillzustehen. „Wie läuft die Suche? Haben sie irgendwelche Hinweise oder tappen sie im Dunkeln?"

„Im Moment tappen sie völlig im Dunkeln", gesteht Raquel. Ihre Stimme klingt müde. „Sie haben nichts, was ihnen eine Richtung weisen würde. Also haben sie Quadranten abgesteckt, ausgehend von den sogenannten Hotspots - die Umgebung der Basis, Brachflächen und Gebiete in der Nähe des Flusses."

„Sie gehen davon aus, dass sie tot ist", sagt Virginia. Ein eisiger Schauer läuft ihr über den Rücken.

Raquel presst die Kiefer zusammen.

„Die Familie bestreitet, dass sie zu denen gehört, die weglaufen", erklärt Raquel. Ihre Stimme klingt rau, als hätte sie zu viel Kaffee getrunken. „Die Guardia Civil dachte, vielleicht sei ihr die Belästigung über den Kopf gewachsen und sie wollte einen Schlussstrich ziehen, indem sie alles hinter sich lässt. Aber ihre Angehörigen sagen, so sei sie nicht." Raquel schüttelt den Kopf. „Ehrlich gesagt, hatte ich auch nicht diesen Eindruck. Das Mädchen hat Mumm."

Virginia spürt, wie sich ihr Magen zusammenzieht. „Schon sechs Tage verschwunden", murmelt sie, „ohne einen einzigen Zeugen, der Licht ins Dunkel bringen könnte. Und je mehr Zeit vergeht..."

„...desto geringer werden die Chancen, sie lebend zu finden", vollendet die Kapitänin den Satz. Ihre Stimme klingt belegt.

„Genau", bestätigt Raquel. Der Duft ihres teuren Parfüms hängt schwer in der Luft. „Ich habe euch eine Kopie der Informationen mitgebracht, die ich bisher gesammelt habe, sowie das, was mir die Guardia Civil gegeben hat. Leider ist es nicht viel."

Raquel zieht eine Mappe aus ihrer Aktentasche. Das Rascheln des Papiers erfüllt den Raum. Sie überreicht sie direkt an Virginia, ihre Finger streifen sich kurz.

„Danke", sagt Virginia. Ihre Stimme klingt heiser.

Raquel lehnt sich vor, ihre Augen fixieren Virginia. „Wäre euer Informant bereit auszusagen? Wenn ich mit ihm gesprochen habe, hat er mich offensichtlich angelogen – und damit auch die Guardia Civil."

„Nun", erwidert die Kapitänin, „er hat diese typische Angst vor Vergeltung, die es oft in Militärbasen gibt. Ich werde versuchen, ihn zu überzeugen, dass ihm das hier nicht passieren wird."

„Das wäre sehr wichtig", drängt Raquel. „Wenn er aussagt, was er weiß, stünde nicht mehr nur Romeros Wort gegen das des Leutnants."

„Wir werden mit ihm sprechen", versichert Virginia. „Mach dir keine Sorgen."

„Perfekt", nickt Raquel. Ihre Augen funkeln. „Noch etwas: Stört es euch, wenn ich mitkomme, wenn ihr mit Barrios sprecht? Ich würde gerne sein Gesicht sehen, wenn ihr ihm sagt, dass jemand ihn in dieser Nacht in der Bar gesehen hat." Sie presst die Kiefer zusammen. „Verdammter Mistkerl."

Virginia lächelt erneut, doch Marta bleibt angespannt wie eine Gitarrensaite.

„Natürlich", sagt Virginia. „Wahrscheinlich wird es heute sein. Ich gebe dir Bescheid."

„Großartig", erwidert Raquel. Ihre Stimme klingt wie Honig. „Es ist wichtig, dass wir zusammenarbeiten und uns auf dem Laufenden halten. Ich bleibe am Telefon erreichbar."

Die drei Frauen erheben sich. Das Treffen ist beendet. Raquel verabschiedet sich zuerst von Marta mit einem Handschlag, dann von Virginia. Marta hat den Eindruck – und sie irrt sich nicht –, dass die Anwältin den Kontakt mit Virginia etwas länger als nötig aufrechterhält.

„Nun, es sieht so aus, als wäre dies die erste Ermittlung, bei der uns niemand Steine in den Weg legt", stellt Virginia fest, sobald Raquel gegangen ist.

„Ja, so scheint es", antwortet Marta abwesend. Ihre Gedanken rasen.

„Alles in Ordnung?", fragt die Kapitänin. Martas ungewöhnliche Stille während des Treffens ist ihr aufgefallen.

Marta zögert. Soll sie ihre Eindrücke von der Anwältin äußern? Sie entscheidet sich dafür, da es schlimmer sein könnte, es für sich zu behalten – vor allem, da sie die Anwältin offenbar öfter sehen werden, als ihr lieb ist.

„Ist dir aufgefallen, wie oft die Anwältin dich angesehen hat?", fragt sie vorsichtig.

Virginia braucht einen Moment, um zu verstehen, worauf Marta hinauswill. Als es ihr klar wird, brodelt etwas in ihr hoch. Sie kann den giftigen Pfeil nicht zurückhalten, der ihre Lippen verlässt.

„Jetzt, wo du es sagst – ja, das ist mir aufgefallen. Aber

wir sind beide frei, zu tun, was wir wollen, oder nicht?"

Für Marta sind Virginias Worte wie ein Schlag in die Magengrube. Wut steigt in ihr auf, lässt jeden Muskel in ihrem Körper sich anspannen. Sie möchte schreien, Virginia fragen, was dieser Kommentar soll. Doch dann erinnert sie sich an ihr Gespräch vor ein paar Tagen, an ihre eigenen Worte, die dem so ähnlich waren, was Virginia gerade gesagt hat – dass ihre Beziehung in einer Phase sei, in der sie noch andere Menschen kennenlernen könnten.

Marta beißt sich auf die Zunge und schweigt. Sie schluckt den Schmerz hinunter und denkt, sie habe kein Recht, ihre Worte zurückzunehmen. Virginia würde sie angreifen, wenn sie es jetzt täte, wo sie selbst verletzlich ist. Was Marta nicht weiß: Ihr Schweigen bestätigt Virginia nur in der Annahme, dass Marta zu ihren Worten steht. Diese Erkenntnis trifft die Kapitänin tief. Sie spürt einen Schwindel, den sie kaum kontrollieren kann.

KAPITEL 9

Zwei Stunden sind vergangen, seit Raquel Martínez das gemeinsame Büro von Marta und Virginia auf dem Militärstützpunkt verlassen hat. Die Luft knistert vor Spannung, und die sonst so behagliche Stille zwischen ihnen ist jetzt kaum zu ertragen. Sergeant Pinares' Gedanken kreisen um ein Gemisch aus Verwirrung, Schuld und vielleicht sogar einem Hauch Eifersucht. Sie hat lange genug Erfahrungen mit Frauen gesammelt, um zu erkennen, dass die Anwältin der verschwundenen Soldatin ein Auge auf Kapitänin Robles geworfen hat. Kann sie ihr das verübeln? Unmöglich. Virginia ist eine so faszinierende Frau, dass jeder Sterbliche beim Anblick sabbern und nach einem Gespräch mit ihr hypnotisiert zurückbleiben würde.

„Ich werde Miguel Barrios noch einmal anrufen", unterbricht Kapitänin Robles Martas Gedankenkarussell. „Mal sehen, ob er diesmal rangeht. Wenn nicht, statten wir ihm einen Überraschungsbesuch ab."

„Wenn wir unangemeldet bei ihm auftauchen, könnte ihn das sehr nervös machen", wirft Marta ein, um etwas beizutragen.

„Das ist doch der Plan, oder nicht?"

„Das könnte funktionieren, oder er schottet sich komplett ab, Virginia. Jeder Mensch reagiert anders, wenn er sich in die Enge getrieben fühlt."

Virginia lässt Martas Kommentar auf sich wirken und denkt, dass sie Recht haben könnte. Ohne zu zögern, wählt sie erneut Barrios' Nummer, und diesmal hat sie Glück.

„Leutnant Miguel Barrios? Hier spricht Kapitänin Virginia Robles, Leiterin der militärischen Sonderermittlungseinheit N.I.A. Ich würde gerne mit Ihnen über die Soldatin María Teresa Romero sprechen."

Virginia gibt Marta ein Zeichen, sich Notizen zu machen, und diktiert ihr eine Adresse und eine Uhrzeit. Das Gespräch ist kurz, und an Virginias Gesichtsausdruck erkennt Marta, dass es ihr nicht gefallen hat, mit Miguel Barrios zu sprechen.

„Warum treffen wir uns nicht bei ihm zu Hause?", fragt Pinares. Das war doch der ursprüngliche Plan.

„Er hat selbst den Ort vorgeschlagen, und ich möchte, dass er sich wohl fühlt. Deshalb habe ich nicht darauf bestanden. Wie du schon sagtest, wissen wir nicht, wie er reagieren wird, und ich möchte, dass er sich auf einem von ihm gewählten Terrain sicher fühlt."

„Einverstanden", stimmt Marta zu. „Der Ort liegt fast am Stadtrand. Wir sollten in zehn Minuten aufbrechen, um pünktlich zu sein."

„Such Garzón und Díaz, sie sind in der Cafeteria. In der Zwischenzeit rufe ich Raquel an, damit sie uns begleitet. Sie sagte, sie würde noch einige Stunden auf dem Stützpunkt bleiben", sagt Virginia beiläufig und sucht in ihrem Handy nach der Nummer der Anwältin.

„Hast du ihre Karte nicht mehr?", fragt Marta, die vermutet, dass Virginia entweder Raquels Nummer auswendig gelernt oder zumindest in ihr Adressbuch eingetragen hat.

„Ich habe sie heute Morgen gespeichert. Bei mir wäre dieser Papierfetzen sowieso irgendwann im Müll gelandet."

Marta schweigt, sammelt ihre Sachen und verlässt das Büro so würdevoll wie möglich. Sie geht direkt zur Cafeteria, um die Soldaten zu suchen, die bei dieser Mission als Leibwächter fungieren. Währenddessen versucht sie, sich auf den Fall zu konzentrieren und sich auf das Treffen mit Leutnant Barrios vorzubereiten. Sie findet die beiden beim Kaffeetrinken, gelangweilt auf ihre Handys starrend. Marta denkt daran, wie langweilig dieser Auftrag für sie sein muss, und dass sie selbst diese Arbeit niemals machen könnte.

Die drei verlassen die Cafeteria und machen sich auf den Weg zum Parkplatz des Stützpunkts, um das Fahrzeug zu holen. In der Ferne sieht Sergeant Pinares Virginia und Raquel entspannt lachen, als würden sie sich schon ewig kennen. Marta beschleunigt ihre Schritte und erreicht die beiden so schnell, dass die zwei Soldaten zurückbleiben.

„Wir fahren", sagt Marta knapp, und die beiden Frauen, die eben noch ausgelassen gelacht haben, werfen sich einen vielsagenden Blick zu und steigen ins Auto.

„Díaz, geben Sie diese Adresse ins Navi ein", weist die Kapitänin den Fahrer an.

„Fahren wir direkt dorthin, Kapitänin?"

„Ja, wir haben in fünfzehn Minuten einen Termin, und

wir sind spät dran."

Nachdem sie durch die Stadt und um ein Gewerbegebiet herumgefahren sind, erreichen sie eine Bar, die von außen aussieht, als könnte sie jeden Moment zusammenbrechen.

„Verdammt, was für eine Spelunke", entfährt es Raquel Martínez, als sie mit weit aufgerissenen Augen den Eingang des Lokals mustert.

„Anscheinend mögen die Soldaten dieses Stützpunkts nur Bars in diesem Stil", lächelt Virginia.

„Lass uns reingehen", unterbricht Marta das Gespräch. „Nach dem Foto in der Akte, die wir erhalten haben, ist der Mann an der Theke Miguel Barrios."

Raquel späht durch die staubigen und verschmutzten, fast schwarzen Fensterscheiben und nickt zustimmend, um der Sergeant Recht zu geben.

„Das ist Barrios", murmelt Marta. „Ich hoffe, er sitzt noch nicht zu lange hier, denn der Drink in seiner Hand verrät, dass er es gerne stark angeht."

Die vier Militärangehörigen und die Zivilistin betreten die Bar. Der Barkeeper blickt kurz auf und senkt dann wieder den Kopf, um die Theke fertig zu putzen. Garzón und Díaz steuern einen Tisch in der Ecke an, während die drei Frauen auf Miguel Barrios zugehen. Er dreht sich um, als sie ihn erreichen, und mustert sie misstrauisch. Trotzdem steht er auf und salutiert vor der Kapitänin - auch wenn er suspendiert ist, bleibt er Soldat und Virginia seine Vorgesetzte.

„Rühren, Barrios", sagt Virginia. „Das ist Sergeant Pinares." Marta grüßt förmlich. „Und Anwältin Raquel

Martínez kennen Sie ja bereits. Wenn es Ihnen recht ist, setzen wir uns an einen Tisch, wo wir ungestörter sind."

„Gehen wir zu dem Tisch hinten. Dort stört uns niemand. Ich habe Juancho, dem Barbesitzer", er nickt in Richtung Theke, „gesagt, dass ich ein vertrauliches Gespräch führen muss."

Die vier nehmen Platz, und Virginia beginnt ohne Umschweife, Miguel zu befragen. Anfangs antwortet er einsilbig und gibt kaum Informationen preis. Er bestreitet, Soldatin Romero belästigt zu haben, und weist jede Verbindung zu ihrem Verschwinden von sich. Virginia drängt ihn in die Enge, stellt Fragen, die Barrios so gut es geht beantwortet, doch er verstrickt sich in Widersprüche.

„Ich gebe zu, dass ich sie angesehen habe. Sie ist eine attraktive Frau", räumt der Leutnant ein. „Aber von da bis zur Belästigung ist es ein weiter Weg." Er schüttelt den Kopf.

„Das ist nicht das, was Sie mir erzählt haben, Miguel", wirft die Anwältin ein. „Sie haben jegliche Annäherung an María Teresa über das Berufliche hinaus geleugnet."

„Weil es die Wahrheit ist", erwidert Miguel Barrios ernst. „Ich habe sie auf dem Stützpunkt angesehen, das streite ich nicht ab. Wir trafen uns auch mal zufällig in einer Bar, aber ich habe sie nie belästigt."

„Sie meinen also", schaltet sich Kapitänin Robles ein, „Sie haben Soldatin Romero ständig beobachtet, sie zufällig", Virginia macht eine Geste, die zeigt, dass sie ihm das nicht abkauft, „außerhalb des Stützpunkts getroffen, sie mehrmals um ein Date gebeten, obwohl sie ablehnte und keinerlei Interesse zeigte. Ganz zu schweigen davon, dass Sie verheiratet sind. Und all das erscheint Ihnen nicht wie die Belästigung einer Untergebenen?"

Miguel Barrios schweigt. Er nimmt einen großen Schluck aus seinem Glas, leert es und stellt es seufzend auf den Tisch. Er wirkt geschlagen.

„Sind Sie verheiratet, Kapitänin?", fragt Barrios und erntet ein Stirnrunzeln von Virginia.

„Das tut nichts zur Sache, Leutnant."

„Beziehungen sind kompliziert, besonders wenn man jahrzehntelang mit derselben Frau verheiratet ist", Miguel fährt sich mit der Hand über die Stirn. „Meine Ehe funktioniert seit langem nicht mehr. Meine Frau und ich bleiben zusammen aus Bequemlichkeit, Routine, wegen der Kinder, was weiß ich. Ich mochte das Mädchen und ja, ich habe sie zum Essen oder auf einen Drink eingeladen, aber ich habe sie nie angefasst, ihr nie wehgetan, und ich weiß schon gar nicht, wo zum Teufel sie steckt. Ich wüsste es gern, wirklich, damit alles wieder normal wird. Ich bin diese Hexenjagd leid."

„Das ist keine Hexenjagd, Leutnant. Sie haben eine Untergebene belästigt, und diese ist verschwunden. Sie sind der Hauptverdächtige in diesem mysteriösen Verschwinden", entgegnet Virginia mit eisiger Stimme. „Auch ich will, dass sie gefunden wird, aber ich bezweifle, dass danach alles wieder normal sein wird. Man kann nicht durchs Leben gehen und andere belästigen, ohne Konsequenzen zu tragen."

Miguel greift erneut nach seinem Glas und bemerkt, dass es leer ist. Er zögert, ob er die Hand heben und ein neues bestellen soll, aber der Blick seiner Vorgesetzten lässt ihn davon absehen.

„Ich weiß nicht, wo María Teresa Romero ist", sagt Miguel plötzlich, als würde dieser Satz ihn von allen Sünden freisprechen.

„Aber in der Nacht ihres Verschwindens waren Sie am letzten Ort, an dem man die Soldatin gesehen hat", Virginia setzt den Belästiger weiter unter Druck.

„Und welcher Ort soll das gewesen sein, Kapitänin?"

„Spielen Sie nicht den Dummen, Barrios. Ich habe einen Zeugen, der vor Gericht aussagen würde, dass Sie in der Bar 'La Terraza' waren und Romero in jener Nacht gefolgt sind."

„Ich leugne nicht, dass ich dort war", sagt Miguel und blickt zur Anwältin, die ihn mit hartem Gesichtsausdruck mustert. Sie weiß, dass er sie und die Guardia Civil belogen hat. „Es stimmt, ich sah Romero und wollte mit ihr reden, aber sobald ich in ihrer Nähe war, schrie sie mich an und sagte, ich solle es nicht wagen, mich ihr zu nähern. Ich drehte mich um und ging nach Hause."

„So einfach?", fragt Raquel Martínez skeptisch.

„So einfach", bekräftigt Barrios. „Ich wollte keinen Skandal. Ich ging nach Hause, wo meine Frau wartete."

„Da Sie uns angelogen haben, Leutnant, sehe ich mich gezwungen, die Polizei zu informieren", erklärt Virginia mit der Selbstsicherheit einer Siegerin. „Es würde sehr helfen, wenn Sie uns erlauben, mit Ihrer Frau zu sprechen, um Ihre Version zu bestätigen."

„Sie hat bereits mit der Polizei gesprochen. Ihnen wird sie dasselbe sagen."

„Dann soll sie es uns wiederholen", entgegnet die Kapitänin.

Miguel schnaubt, genervt von der Situation.

„Bringen wir es hinter uns", beschließt Barrios. „Gehen wir zu mir nach Hause. Sie ist dort. Ich bitte Sie nur, die Belästigungsanzeige von Romero nicht zu erwähnen. Meine Frau muss das nicht erfahren."

„Ich verspreche nichts, Leutnant. Wir stellen ihr ein paar Fragen, aber wenn Ihre Frau von der Anzeige erfährt, sind Sie der einzige Schuldige."

Virginia erhebt sich, die anderen Frauen folgen. Marta hat alles Wichtige notiert und hält Miguel Barrios für einen typischen Perversen, der seinen Rang ausnutzt, um Untergebene zu belästigen. Mehrmals wollte sie eingreifen, hielt sich aber zurück. Seit sie mit Kapitänin Robles arbeitet, leitet diese die Verhöre, besonders bei Ranghöheren.

Sie verlassen die Bar und folgen Miguel Barrios zu seinem Haus, einem schlichten Reihenhaus wenige Kilometer entfernt.

„Wir bleiben nicht lange", sagt Virginia zu ihren Begleiterinnen. „Ich stelle der Frau ein paar Fragen, dann gehen wir. Ich will, dass er nervös wird und sich verplappert. Pinares", Virginia dreht sich um und ihre Blicke verhaken sich für einen Moment, „achte auf beider Verhalten."

„Keine Sorge, mir entgeht nichts", duzt Marta sie. Normalerweise bleiben sie im Dienst und vor anderen professionell, aber die Sergeant will in einem kindlichen Impuls ihre Vertrautheit demonstrieren.

„Guten Tag, Frau Montilla. Ich bin Kapitänin Robles. Ihr Mann hat Sie sicher vorgewarnt, dass wir mit Ihnen sprechen möchten."

„Ja, aber ich verstehe nicht, was Sie wollen. Ich habe schon mit der Polizei und dieser Dame hier gesprochen", sie zeigt auf Raquel Martínez. „Wie kann ich Ihnen noch helfen?"

„Entschuldigen Sie die Störung. Wir sind neu in der Ermittlung und müssen das Protokoll einhalten", erklärt die Kapitänin freundlich. „Laut den Notizen meiner Kollegen sagten Sie, Sie waren am dritten Mai die ganze Nacht mit Ihrem Mann zu Hause. Stimmt das?"

„Ja, das stimmt", antwortet Isabel Montilla knapp.

„Wären Sie so freundlich, mir zu erzählen, was Sie an diesem Tag gemacht haben?"

„Ich?"

„Ja, Sie, Frau Isabel", bestätigt Virginia.

„Nun, ich war tagsüber zu Hause, holte dann meinen jüngeren Sohn von der Schule ab. Der ältere war auf einem Ausflug und blieb dann bei einem Freund. Wir kamen nach Hause, ich räumte auf und machte später das Abendessen."

„Und wann kam Leutnant Barrios nach Hause?", fährt Robles fort, während Marta jede Bewegung von Miguel und seiner Frau beobachtet.

„Gegen zehn Uhr abends, ungefähr. Mein Sohn schlief schon, und Miguel und ich saßen noch eine Weile auf dem Sofa und sahen fern. Dann gingen wir schlafen", erklärt die Frau mit einer Nervosität, die Virginia missfällt.

„Haben Sie noch etwas hinzuzufügen? Jetzt wäre der Moment, Frau Montilla. Jede Kleinigkeit könnte wichtig sein. Eine Frau ist verschwunden, und wir wollen sie finden."

„Ich habe Ihnen alles gesagt, was ich weiß", beendet Isabel das Gespräch in einem Ton, der keine weiteren Fragen zulässt. „Brauchen Sie noch etwas?"

„Nein, danke", sagt Virginia und steht auf. „Hier ist meine Karte. Wenn Ihnen noch etwas einfällt, können Sie mich jederzeit anrufen."

Miguel Barrios' Frau nimmt die Karte und legt sie auf den Wohnzimmertisch, als wäre es ein Stück Papier, das sie bald wegwerfen wird. Sie begleitet die Militärs und die Anwältin zur Tür und verabschiedet sich mit einem knappen „Auf Wiedersehen", bevor sie die Tür sanft schließt.

„Irgendetwas an ihr gefällt mir nicht", sagt Virginia, als sie ins Auto steigen.

„Vielleicht ist sie nur eine verängstigte Frau, die zum ersten Mal nicht nur von der Polizei, sondern auch von Militärs und der Anwältin der Verschwundenen befragt wird", meint Marta.

„Kann sein", seufzt Virginia. „Wir sind wieder am Anfang. Jede Information führt uns in eine Sackgasse. Dieser Fall wird immer komplizierter."

KAPITEL 10

An diesem Morgen sind die Kapitänin und die Sergeant nicht in ihr Büro auf dem Stützpunkt gegangen. Stattdessen sitzen sie in der Wohnung und studieren alle Dokumente, die ihnen die Anwältin Raquel Martínez überlassen hat. Der Geruch von frischem Kaffee erfüllt den Raum.

Virginia blickt von den Papieren auf. „Marta, vergiss nicht, dass ich heute mit Carlota essen gehe."

Marta nickt und ein leichtes Lächeln huscht über ihr Gesicht. „Manchmal vergesse ich, dass du von hier bist. Grüß sie von mir, ja?"

Obwohl Marta Virginias Ex-Freundin nicht kennt, fühlt sie eine seltsame Verbindung zu ihr. Schließlich ist sie die Schwester ihres verstorbenen Freundes, Gefreiter Daniel Lorenzo.

„Natürlich", erwidert die Kapitänin, ihre Stimme weich wie Samt.

Marta lächelt erneut und widmet sich wieder ihrer Arbeit. Dabei denkt sie darüber nach, wie merkwürdig es ist, dass sie keinerlei Eifersucht gegenüber dieser Frau empfindet, die einst so wichtig für Virginia war und mit der sie immer eine emotionale Bindung haben wird. Stattdessen ist es die Anwältin, die sie in einen Zustand der Alarmbereitschaft versetzt.

Virginia erreicht Carlotas Haus pünktlich wie ein Schweizer Uhrwerk. Als sie klingelt, ist sie überraschend ruhig und merkt, wie sehr sie diese kurze Auszeit von Marta brauchte, um den Kopf frei zu bekommen. Carlota öffnet die Tür mit ihrem vertrauten Lächeln, doch in ihren Augen liegt immer noch der Schatten der Trauer, den der Tod ihres Bruders hinterlassen hat.

„Endlich sehen wir uns", sagt Carlota, und die beiden umarmen sich herzlich. Der Duft von Carlotas Parfüm weckt in Virginia Erinnerungen an frühere Zeiten. „Komm rein. Das Essen braucht noch eine Weile. Lass uns etwas trinken und uns auf den neuesten Stand bringen."

Für Virginia fühlt es sich zunächst seltsam an, sich in dem Haus zu bewegen, das sie so oft mit Carlota geteilt hat. Seit ihrer Trennung haben sie sich nur dreimal gesehen, aber nie zwischen diesen vier Wänden.

„Ist es unangenehm für dich?", fragt Carlota, als sie Virginias zögernden Blick bemerkt.

„Nein", Virginia schüttelt langsam den Kopf, „es ist nur ein bisschen seltsam." Sie verzieht das Gesicht, bevor sie lächelt.

„Das kann ich verstehen. Aber ich wette, mit einem kühlen Bier wird es besser. Wie geht es Marta?", fragt Carlota, während sie sich an der Kücheninsel niederlassen.

„Gut", antwortet Virginia. „Wahrscheinlich kocht sie

gerade, als wäre ich auch da, und isst, bis ihr der Bauch wehtut." Virginia spricht ganz natürlich, aber in ihrem Blick und ihrer Stimme liegt ein Hauch von Traurigkeit, der Carlota, die lange genug mit ihr zusammen war, um sie gut zu kennen, nicht entgeht.

„Was ist los?", fragt Daniels Schwester direkt.

Virginia blinzelt verwirrt. „Ich verstehe nicht, was du meinst."

„Doch, das tust du", Carlota hebt die Augenbrauen. „Versuch nicht, mich abzuwimmeln. Man sieht dir deutlich an, wenn dich etwas beschäftigt."

Virginia lächelt bitter. Der Geschmack der Enttäuschung liegt ihr auf der Zunge.

„Liegt es an dem Fall, an dem du arbeitest, oder ist es etwas anderes?"

Die Kapitänin sieht sie an und zögert. Es wäre einfach, zu lügen und zu sagen, es sei das Erstere. Damit wäre das Thema erledigt, denn es würde genügen zu sagen, dass es sie an Daniels Fall erinnert. Carlota würde sofort verstehen, sie umarmen und keine weiteren Fragen stellen. Aber Virginia steht seit Tagen am Rande des Zusammenbruchs und weiß, dass sie zusammenbrechen wird, wenn sie nicht mit jemandem teilt, was ihr auf der Seele brennt.

„Vir", sagt Carlota, als sie nicht antwortet, „ich bin's. Du kannst mir alles erzählen. Ich denke, wir haben uns gegenseitig bewiesen, dass wir einander vertrauen können."

Virginia atmet tief durch die Nase ein und langsam durch den Mund aus, während sie nickt. Der Geruch von

Carlotas Küche vermischt sich mit dem bitteren Aroma des Bieres.

„Es ist Marta."

Carlotas Augen weiten sich vor Überraschung wie der Krater eines Vulkans.

„Habt ihr Probleme?", fragt sie ungläubig.

„Nun, ich weiß nicht, ob 'Probleme' das richtige Wort ist. Sie ist völlig in Ordnung. Ich bin diejenige, die seit Tagen so durcheinander und verloren ist, dass ich nicht mehr weiß, ob ich Gründe dafür habe oder ob ich alles überdramatisiere", sagt Virginia und nimmt einen großen Schluck von ihrem Bier.

„Okay", Carlota, die ihr gegenüber saß, steht auf und geht um die Insel herum, um sich neben sie zu setzen. „Trink nicht so schnell und erzähl mir, was passiert ist", lächelt sie und nimmt Virginia die Flasche ab, als diese gerade wieder zum Trinken ansetzen will.

„Ich habe ihr vorgeschlagen, dass wir zusammen eine Wohnung mieten, wenn wir nach Madrid zurückkehren. Etwas Persönlicheres als das, was wir jetzt haben."

Virginia muss Carlota nicht viele Details geben, damit diese die Situation versteht. Sie sprechen regelmäßig, und ihre Ex-Freundin weiß bereits, dass Marta und sie sowohl in Madrid als auch dort, wo sie für die Arbeit hinreisen müssen, eine Wohnung teilen.

„Das klingt logisch", sagt Carlota und betrachtet Virginia aufmerksam. „Ihr habt eine feste Beziehung und lebt ohnehin schon zusammen."

Virginia schüttelt den Kopf, ihr Gesicht eine Mischung aus Frustration und Schmerz.

„Ja, aber Marta sieht das anders. Als ich es vorschlug, veränderte sich ihr Gesichtsausdruck. Sie meinte, es sei zu früh für so einen Schritt. Das allein verwirrte mich schon, aber dann setzte sie noch einen drauf und behauptete, wir seien in einer Phase der Beziehung, in der wir andere Personen kennenlernen könnten."

Carlota reißt die Augen auf, völlig überrascht. Der Geruch von frischem Brot aus dem Ofen erfüllt den Raum, ein krasser Gegensatz zur schweren Stimmung des Gesprächs.

Virginia fährt fort, ihre Stimme leicht zitternd: „Kurz gesagt, laut ihr sind wir beide frei, andere Frauen kennenzulernen. Deshalb sei es nicht der richtige Zeitpunkt für einen so ernsten Schritt."

Als Virginia endet, entreißt sie Carlota die Bierflasche und leert sie in einem Zug. Ihre Exfreundin starrt sie an, sucht nach tröstenden Worten, findet aber keine.

„Verdammt, das haut mich um", sagt Carlota schließlich und legt ihre Hand auf Virginias Arm. Die Wärme ihrer Berührung ist tröstlich.

Virginia lacht bitter. „Stell dir vor, wie ich mich gefühlt habe. Seit diesem Abend schlafe ich kaum und kann an nichts anderes denken. Ich ersticke, Carlota."

Carlota steht auf, küsst Virginia auf den Kopf und holt mehr Bier aus dem Kühlschrank. Das Klirren der Flaschen hallt durch die Küche. Sie kehrt zurück, öffnet die Flaschen und nimmt selbst einen langen Schluck, was Virginia zum Lachen bringt.

„Nun", sagt Carlota, „es ist wirklich beschissen, dass sie dir so etwas an den Kopf wirft, gerade jetzt, wo es schien, als hättet ihr eine stabile Beziehung, die laut deinen Erzählungen sehr gut lief."

„Wir waren verdammt glücklich, Carlota", Virginia beißt sich wütend auf die Lippen. „Wir verstehen uns gut, haben viel Chemie, und das Zusammenleben lief von Anfang an super. Deshalb bin ich so durcheinander. Jetzt fühle ich mich wie eine Idiotin, die von ihren Gefühlen geblendet wurde und die Zeichen nicht erkannt hat, dass für sie alles viel lockerer war. Manchmal sehe ich sie an und frage mich, ob sie in dieser Zeit mit anderen Frauen zusammen war. Die mögliche Antwort erschreckt mich so sehr, dass ich nicht den Mut habe, sie zu fragen."

„Das ist wirklich eine schwierige Situation, ich beneide dich nicht", Carlota verzieht das Gesicht. „Aber ehrlich gesagt, obwohl ich Marta nicht kenne, fällt es mir schwer zu glauben, dass sie so denkt, nach allem, was du mir über ihr Verhalten dir gegenüber erzählt hast. Es ist surreal. Bist du sicher, dass du sie richtig verstanden hast?"

„Absolut. Ich hatte auch Zweifel, aber gestern hat sie es mir endgültig bestätigt", sagt Virginia und seufzt tief.

Virginia erzählt von Raquel Martínez und dem Treffen in deren Büro. Der Geruch von Carlotas Parfüm vermischt sich mit dem des Bieres, als sie sich näher zu Virginia beugt.

„Als sie ging, meinte Marta, sie hätte den Eindruck, die Anwältin würde mich oft ansehen. Ich konnte mich nicht zurückhalten und sagte, dass es stimmt, ich hätte es auch bemerkt, aber es sei ja egal, denn laut ihr sei ich frei zu tun, was ich will."

Carlota lächelt zufrieden über Virginias Antwort. „Gut gesagt. Was hat sie geantwortet?"

„Nichts", Virginias Augen füllen sich mit Tränen. „Wenn ich mich geirrt hätte und sie falsch verstanden hätte, wäre das der Moment gewesen, es klarzustellen. Ich wünschte, sie hätte mich angeschrien und gefragt, woher ich diese absurde Theorie hätte. Aber Marta schwieg und sprach das Thema nicht mehr an."

„Verdammt", sagt Carlota, erneut überrascht. „Und was ist deine Position, Vir? Ich meine, was hast du vor? Ich kenne dich gut und weiß, dass du eine engagierte Frau bist, die sich in einer so lockeren Beziehung nie wohlfühlen wird."

„Ich weiß, aber im Moment kann ich sie nicht verlassen, Carlota. Ich bin bis über beide Ohren in Marta verliebt, und das alles hat mich überrumpelt. Hätte ich es kommen sehen, würden wir jetzt über etwas anderes reden, aber der Schlag kam plötzlich und...", Virginia beendet den Satz nicht und vergräbt ihr Gesicht in den Händen, überfordert.

„Ich verstehe dich. Mir würde es genauso gehen. Aber du kannst auch nicht so weitermachen, wie eine Verrückte leiden, während sie so tut, als wäre nichts passiert."

„Und was soll ich deiner Meinung nach tun?"

„Das, was Marta gesagt hat", Carlotas plötzliche Sicherheit verwirrt Virginia.

„Ich verstehe nicht."

„Es ist einfach. Öffne deinen Geist und verschließe dich nichts."

Virginia lacht plötzlich laut auf, was auch Carlota zum Lachen bringt. Der Klang ihrer Lacher erfüllt die Küche, ein kurzer Moment der Leichtigkeit in der schweren Unterhaltung.

„Das kann ich nicht."

„Warum nicht? Wenn sie es tut, kannst du es auch. Zumindest wärst du dann etwas abgelenkt. Wie ist die Anwältin so?"

Das Bild von Raquel Martínez blitzt wie ein Blitz durch Virginias Gedanken.

„Nun, ich weiß nicht", zögert sie. „Attraktiv, nehme ich an."

„Du nimmst an?"

„Nun, ich nehme es nicht an", gibt die Hauptfrau zu. „Für mich ist sie es. Sie ist eine beeindruckende, intelligente und attraktive Frau, aber ich bin in Marta verliebt."

„Daran zweifeln wir nicht. Die Frage ist: Wärst du nicht mit Marta zusammen, wäre sie eine Frau, mit der du schlafen würdest?", fragt Carlota, ihre Augen funkeln vor Neugierde.

„Verdammt, Carlota", murmelt Virginia, ihre Wangen röten sich leicht.

„Was denn?", grinst ihre Ex-Freundin. „Es ist nur eine Frage, Virginia. Ich sage nicht, dass du es tun sollst."

Virginia seufzt tief, der Geruch von Bier und Carlotas vertrautem Parfüm umhüllt sie. „Na gut, ja. Raquel ist eine Frau, mit der ich schlafen würde."

„Genau das meine ich. Versuche, ab jetzt so zu denken", erklärt Carlota. „Meiner Meinung nach hast du nur zwei Möglichkeiten, Vir. Entweder du verlässt Marta und bleibst allein, bis jemand kommt, der eine feste Beziehung will, wie du sie suchst. Oder du bleibst bei ihr und versuchst, andere Frauen kennenzulernen, bis du bereit bist, sie zu verlassen. Aber so niedergeschlagen kannst du nicht weitermachen."

Virginia weiß, dass Carlota Recht hat. Aber sie fühlt sich weder fähig, Marta zu verlassen, noch kann sie sich vorstellen, mit einer anderen Frau zusammen zu sein, egal wie sehr es schmerzt, in dieser Situation bei Marta zu bleiben.

„Es gibt eine dritte Option", sagt Virginia nach einer nachdenklichen Pause. Carlota blickt sie erwartungsvoll an.

„Und die wäre?"

„Del Valle hat mir einen Posten als Verteidigungsattaché in der Botschaft im Vereinigten Königreich angeboten. Es wäre in ein paar Monaten, aber ich könnte bis dahin Urlaub nehmen", erklärt sie seufzend.

Carlota blinzelt nicht, als sie Virginia anstarrt und die Stirn runzelt. Der Raum scheint plötzlich still zu stehen.

„Ich weiß nicht einmal, was so eine Position bedeutet, aber es erscheint mir keine kluge Lösung", sagt sie gereizt.

„Warum nicht?"

„Wie, warum nicht? Erstens, weil du gerne hier bist, Vir. Du liebst deinen Job, und du bist gut darin. Zweitens wäre das Flucht, und noch schlimmer, Flucht wegen einer Frau. Und so bist du nicht, verdammt. Ich kenne dich, du würdest es bereuen, sobald du über Marta hinweg bist."

„Ja, du hast wahrscheinlich Recht", gibt Virginia zu. Der Geschmack von Bier liegt noch auf ihrer Zunge, bitter wie die Wahrheit in Carlotas Worten.

„Natürlich habe ich das. Hör auf mich. Wenn du diesen Posten annehmen willst, dann weil du es wirklich willst, aus rein beruflichen oder motivationalen Gründen. Nicht weil du dich hier gerade erstickst fühlst. Triff keine solche Entscheidung im Affekt, Vir. Versprich es mir."

„Versprochen", lächelt Virginia, glücklich, Carlota als Freundin zu haben.

„Gut", seufzt Carlota erleichtert.

„Vorerst werde ich die Tage vergehen lassen und sehen, was passiert", sagt Virginia. „Ich werde weder den Posten annehmen noch an andere Frauen denken. Einfach abwarten. Mit dir darüber zu sprechen, hat mich ein wenig befreit. Vielleicht kann ich heute Nacht besser schlafen und sehe die Dinge morgen anders."

„Natürlich, tu, was du für richtig hältst", sagt Carlota und umarmt sie. „Hör nicht auf mich. Du hast mich so aus der Fassung gebracht, dass ich jetzt nur Lust habe, Marta am Kragen zu packen und sie wachzurütteln."

Virginia lacht. „Vielleicht wäre das gut, obwohl ich dich wahrscheinlich erschießen würde, wenn du versuchst, ihr wehzutun", sagt sie, und beide brechen in Gelächter aus.

KAPITEL 11

„Guten Morgen, Raquel", begrüßt Hauptfrau Virginia Robles ihre Gesprächspartnerin, die sie unerwartet früh angerufen hat. „Keine Sorge, ich war schon wach", antwortet sie mit einem Lächeln.

Marta entgeht weder das Lächeln noch die Tatsache, dass Virginia in der Einzahl gesprochen hat und nur von sich selbst sagte, dass sie schon wach war. In einem anderen Moment oder vielleicht bei einer anderen Person wäre es Sergeant Pinares egal gewesen, aber sie ist immer noch misstrauisch gegenüber der Anwältin. Sie weiß nicht, ob sie Recht hat oder einfach nur dreist ist, aber Marta findet es geschmacklos, dass diese Frau mit Virginia flirtet, während sie einen so ernsten Fall bearbeiten.

Virginia, ahnungslos über Martas Gedanken, spricht weiter mit Raquel Martínez und notiert gleichzeitig eine Adresse, die die Anwältin ihr nennt. Sie runzelt die Stirn. Dieser Gesichtsausdruck ist nur auf das zurückzuführen, was ihre Gesprächspartnerin ihr gerade erzählt, denn was ihre inneren Konflikte angeht, fühlt sich Virginia heute so leicht, als würde sie schweben. Das Gespräch mit Carlota hat ihr geholfen, sich zu entspannen, und obwohl ihr klar ist, dass es nur ein vorübergehendes Gefühl ist, will sie es genießen, solange es anhält.

„Wir gehen, Marta", sagt Virginia, sobald sie das Telefon auflegt. „Raquel hat uns zu einem Brachgelände bestellt, wo sie etwas gefunden haben, das mit Soldatin Romero in Verbindung stehen könnte."

„Etwas?", fragt Marta und befürchtet das Schlimmste.

„Es scheint ein Wagenheber zu sein, wie ihn die meisten Autos haben."

„Und warum könnte das mit dem Fall zu tun haben?", fragt Marta weiter, da sie nicht versteht, wie dieser Fund mit dem Verschwinden von María Teresa Romero zusammenhängen könnte.

„Das werden wir dort erfahren", erklärt Robles. „Raquel ist mit Sergeant Valeriano Zapata von der Guardia Civil dort, der für die Ermittlungen zuständig ist. Sie durchkämmen seit dem Verschwinden der Soldatin mehrere Gebiete, und das ist das Einzige Auffällige, was sie bisher gefunden haben."

„Verdammt, ich hoffe, es ist nicht das, was ich denke", murmelt Pinares, während sich ihr Magen zusammenzieht. Der kühle Morgenwind streicht über ihre Haut und lässt sie erschaudern.

„Sprich es nicht aus", fleht ihre Kollegin, deren Finger flink über das Smartphone gleiten. „Díaz und Garzón sind unterwegs. Sie werden in zehn Minuten hier sein."

Es sind nicht zehn, sondern sechs Minuten, bis die Leibwächter der Militärfrauen eintreffen. Von dort aus legen sie etwa fünfzehn Kilometer zurück, bis sie eine

Gegend erreichen, die nicht weit von der Bar La Terraza entfernt ist - dem letzten Ort, an dem María Teresa Romero gesehen wurde. Virginia beobachtet alles, während das Auto schnell vorwärts fährt. Sie kann nicht umhin, die Einsamkeit des Ortes zu bemerken, sobald man die letzten von Häusern gesäumten Straßen hinter sich lässt. Ein eisiger Schauer läuft ihr über den Rücken, als ihr klar wird, wie einfach es wäre, hier jemanden zu entführen oder zu verletzen, ohne dass jemand etwas bemerken oder einen ungewöhnlichen Laut hören würde.

Kaum hält das Auto neben einem Geländewagen der Guardia Civil, steigt Marta aus und erblickt eine Gruppe Uniformierter und - natürlich - Raquel Martínez. Die Anwältin trägt eine makellos weiße Bluse unter einem Blazer, der so perfekt sitzt, dass die Feldwebelin sicher ist: Dieses Kleidungsstück muss maßgeschneidert sein. Martas Herz macht einen kleinen Sprung, als sie Raquels elegante Erscheinung betrachtet.

„Pinares", ruft Hauptmann Robles, als sie bemerkt, dass Marta wie versteinert dasteht.

„Entschuldige, dieser Ort gibt mir einfach ein sehr ungutes Gefühl", lügt sie halb und setzt sich in Bewegung. Die Spannung in der Luft ist fast greifbar.

„Guten Morgen", grüßt Raquel Martínez mit ihrer üblichen professionellen Stimme, die Marta wider Willen fasziniert. „Kommt mit, ich stelle euch Zapata vor. Er wird euch über die neuesten Entdeckungen informieren."

Die drei Frauen gehen ein paar Schritte, doch plötzlich findet sich Marta allein wieder, da sowohl Virginia als auch Raquel ein paar Zentimeter zurückgeblieben sind.

Pinares hört deutlich, wie sich die Anwältin erneut bei der Hauptfrau dafür entschuldigt, sie so früh angerufen zu haben. Der schmeichelnde Tonfall, in dem sie spricht, bestätigt der Feldwebelin endgültig Raquels Interesse an Virginia. Ein Stich der Eifersucht durchzuckt Marta.

„Ist etwas passiert?", fragt Marta angesichts der Dreistigkeit der Anwältin, die anscheinend das Verschwinden einer Soldatin nicht ernst genug nimmt.

„Nichts", antwortet Raquel, während sie ihre Sonnenbrille aufsetzt und zum Feldwebel der Guardia Civil blickt. „Zapata, das sind Pinares und Hauptmann Virginia Robles. Sie ermitteln ebenfalls im Fall María Teresa Romero."

„Was können Sie uns berichten, Zapata? Raquel hat erwähnt, dass Sie einen Wagenheber gefunden haben", fragt Virginia, nachdem sie ihm die Hand geschüttelt hat. Ihre Stimme klingt ruhig, doch Marta spürt die Anspannung, die von ihr ausgeht.

„Wir haben ihn in jenem Brunnen dort gefunden", erklärt der Guardia Civil mit müder Geste. Seine Augenringe sind so groß, dass sie unter der Brille hervorstechen.

„Und warum denken Sie, dass er etwas mit Romero zu tun hat?", hakt Robles nach. Ihre grünen Augen funkeln vor Neugierde.

„Wir sind nicht sicher, aber es ist das Einzige, was wir gefunden haben, nachdem wir das ganze Gebiet durchkämmt haben. Nach dem Zustand des Gegenstands zu urteilen, scheint er noch nicht lange in dem Brunnen gelegen zu haben", erläutert Zapata. „Wir hatten Glück, dass er fast trocken ist. So hat ein Teil des Wagenhebers das Wasser nicht berührt und weist noch deutlich sichtbare Blutflecken auf."

„Könnte es nicht von einem Tier stammen?", fragt Marta. Sie muss sich voll und ganz auf die Ermittlungen konzentrieren und Ablenkungen vermeiden, auch wenn ihr Blick immer wieder zu Raquel wandert.

„Das werden wir erst wissen, wenn die Gerichtsmedizinerin es analysiert hat. Wir hoffen, andere DNA-Spuren zu finden, die uns helfen zu bestimmen, ob unsere Vermutungen zutreffen. Wir hatten nicht viel Zeit, aber meine Leute haben an einigen Theorien gearbeitet."

„Zapata, ich habe Ihnen gesagt, dass diese Theorien nichts als Mutmaßungen sind. Wenn sie durchsickern, werden sie nur für Verwirrung sorgen und der Familie Schmerz zufügen", sagt Raquel Martínez in einem Ton, der mehr nach einem Befehl als nach einer Meinung klingt. Marta spürt, wie sich ihr Nacken vor Anspannung versteift.

„Sollten wir sie nicht trotzdem anhören?", wirft Marta mit ernster Miene ein. „Immerhin sind die Kollegen daran gewöhnt, an solchen Fällen zu arbeiten."

Raquel Martínez blickt die Feldwebelin Pinares einige Sekunden lang an, bevor sie den Ansatz eines Lächelns zeigt, das kaum wahrnehmbar ihre Mundwinkel hebt. Die Anwältin hat nichts gegen die Militärfrau, aber sie hat von Anfang an ihre Feindseligkeit gespürt. Es gibt eine Sache, die Raquel nicht toleriert: wenn man sie mit Argwohn oder Überlegenheit behandelt. Sie will nicht auf dieses alberne Spiel eingehen, das Marta ihrer Meinung nach treibt. Also gibt sie Valeriano Zapata mit einem Kopfnicken zu verstehen, dass er die Schlussfolgerungen erklären soll, zu denen sein Team gekommen ist.

„Wir vermuten, dass die Wagenheberkatz als Angriffswaffe benutzt wurde. Wir können nicht mit Sicherheit sagen, ob es sich um das Blut von Soldatin Romero handelt", beeilt sich Zapata zu erklären, als er die hochgezogene Augenbraue der Anwältin bemerkt. „Aber das Blut befindet sich in einer Ecke des Gegenstands. Kommen Sie mit, ich zeige es Ihnen."

„Haben Sie noch etwas gefunden?", fragt Virginia, während sie zu einem improvisierten Zelt auf dem Brachland gehen. Die Spannung zwischen den beiden knistert wie statische Elektrizität in der Luft.

„Reifenspuren und Fußabdrücke. Wir haben alles fotografiert und versuchen, ein Reifenmodell zu identifizieren, obwohl der Wind viele davon verwischt hat", bedauert Zapata. Seine Stimme klingt rau vor Erschöpfung.

Martas Herz setzt einen Schlag aus, als sie auf einem Tisch, in Plastik eingewickelt, einen blauen Wagenheber mit dunklen Flecken und etwas, das wie Schlamm aussieht, erblickt. Der metallische Geruch von Blut dringt durch die Verpackung und lässt ihr den Atem stocken.

„Da ist viel Blut dran", sagt Pinares mit hohler Stimme. Ihr Gehirn arbeitet auf Hochtouren, während sie sich das Schicksal des Opfers vorstellt, das mit diesem Wagenheber geschlagen wurde. Ein Schauer läuft ihr über den Rücken.

Valeriano Zapata greift oben an die Plastiktüte, ohne das blutverschmierte Werkzeug zu berühren. Seine Hände zittern kaum merklich.

„Unsere Theorie ist, dass sie ihn hier gepackt haben", er zeigt mit dem Zeigefinger auf eine der Ecken des Wagenhebers, „um einen Schlag auszuführen. Deshalb ist nur auf dieser Seite Blut." Er dreht die Tüte und deutet auf die Stelle. Die Spannung im Raum ist zum Zerreißen.

„Wann können Sie es analysieren?", fragt die Anwältin direkt. Ihre Augen funkeln vor Entschlossenheit. „Wir müssen wissen, wem dieses Blut gehört."

„Wir beenden gerade die Spurensicherung und werden alles, was wir gefunden haben, zur Analyse bringen lassen", antwortet der Guardia Civil und legt den Wagenheber zurück auf den Tisch. „Ich bitte Sie, diese Information geheim zu halten. Es sind sehr sensible Daten, und wir wollen die Familie nicht unnötig beunruhigen, geschweige denn, dass die Presse spekuliert."

„Darum brauchen Sie sich keine Sorgen zu machen, Zapata. Wir sind am meisten daran interessiert, dass das, was wir hier gesehen haben, nicht bekannt wird", sagt Virginia. Ihr Blick schweift über die kargen Felder, die sie umgeben. „Abgesehen davon, dass wir die Familie nicht alarmieren wollen, möchten wir nicht, dass die Dorfbewohner denken, es gäbe jemanden, der mit einem Eisenwagenheber angreift." Sie denkt an das Chaos, das eine solche Nachricht auslösen könnte.

Raquel Martínez kann nicht umhin zu spüren, dass Virginia eine außergewöhnliche Frau ist, die sich nicht nur um eine verschwundene Soldatin sorgt, sondern auch um alle anderen, die betroffen sein könnten, wenn die Information durchsickert. Sie blickt sie einen Moment lang an und wendet dann den Blick zu Valeriano Zapata, als sie aus dem Augenwinkel bemerkt, wie Sergeant Pinares sie mit hochgezogenen Augenbrauen ansieht. Ihr Herz macht einen kleinen Sprung.

„Wenn Sie etwas haben, rufen Sie mich bitte an, Zapata", bittet die Anwältin. Ihre Stimme ist weich, aber bestimmt. „Ich treffe mich jetzt mit María Teresa Romeros Schwester, und ich würde ihr gerne beim nächsten Mal etwas Konkretes sagen können und nicht nur ein einfaches 'Wir ermitteln weiter'."

„Glauben Sie mir, wir geben unser Bestes, aber wie man so schön sagt, Mühlen mahlen langsam, Anwältin", erwidert Zapata. Seine Augen sind müde, aber entschlossen.

„Wenn das hier ein Palast wäre, Sergeant, würde hier ein König wohnen, und ich" - Kapitänin Robles breitet die Arme aus und dreht sich, als suche sie etwas - „sehe keinen hier." Ein Hauch von Humor schwingt in ihrer Stimme mit, der die Anspannung etwas lockert.

Valeriano Zapata betrachtet die drei Frauen mit der Erschöpfung eines Mannes, der seit Tagen weder eine ordentliche Dusche genommen noch eine warme Mahlzeit zu sich genommen hat. Der Druck, den er in diesem Fall spürt, überfordert ihn.

„Sie werden so bald wie möglich Neuigkeiten erhalten", antwortet der Guardia Civil. Seine Stimme klingt rau vor Müdigkeit.

Die beiden Militärangehörigen und die Anwältin verabschieden sich und gehen schweigend zu ihren Autos zurück. Keine von ihnen hat Lust, den Mund zu öffnen, um zu teilen, was ihnen durch den Kopf geht, aber ohne es zu wissen, haben alle drei dieselbe Frage im Kopf: Wo ist María Teresa Romero?

KAPITEL 12

Virginia und Marta sind erst vor kurzem in der Wohnung angekommen. Nachdem sie den ganzen Morgen im Büro auf dem Stützpunkt damit verbracht haben, mehrere Soldaten zu befragen, die María Teresa gut kannten, sind sie zur Mittagszeit aufgebrochen. Die Kapitänin hat beschlossen, den Rest des Nachmittags von zu Hause aus zu arbeiten.

Jetzt stehen sie vor einer Tafel, die ihnen Gefreiter Cortés besorgt hat. Sie haben eine Karte des Dorfes aufgehängt und mit Reißzwecken alle Orte markiert, die mit der verschwundenen Gefreiten in Verbindung stehen, wie ihr Haus, das des Leutnants Miguel Barrios, die Basis und die Bar, in der sie zuletzt gesehen wurde.

„Füge auch den Ort hinzu, wo der Wagenheber gefunden wurde", bittet Virginia. Ihre Stimme ist sanft, aber bestimmt.

Marta sucht ihn und markiert ihn. Ihre Finger zittern leicht, als sie die Reißzwecke in die Karte drückt.

„Alles liegt wirklich nah beieinander", stellt die Kapitänin fest. Sie runzelt nachdenklich die Stirn.

„Was auch immer passiert ist, es muss auf dem Weg von der Bar zu ihrem Auto geschehen sein, denn sie ist nie eingestiegen", sagt Marta. Ihre Stimme ist leise, aber fest.

Die beiden tauschen Meinungen aus und stellen Hypothesen auf, bis sie vom Klingeln von Virginias Telefon unterbrochen werden.

„Wer ist es?", fragt Marta. Ihr Herz klopft schneller, als sie es sich eingestehen möchte. Normalerweise ist sie nie so neugierig, aber der Gedanke, dass es die Anwältin sein könnte, macht sie nervös, seit sie zu dem Schluss gekommen ist, dass die Juristin an Virginia interessiert ist.

„Gefreiter Fernández", antwortet Virginia, ohne Martas ungewöhnliche Neugier zu beachten. „Ja, Fernández?"

„Ich habe getan, worum Sie mich gebeten haben, und mich auf der Basis umgehört. Ich habe etwas Interessantes", erklärt der Gefreite. Seine Stimme klingt aufgeregt durch den Hörer.

Virginia stellt den Lautsprecher an, damit Marta mithören kann. „Worum geht es?"

„Ich habe eine Soldatin kennengelernt, die behauptet, auch von Leutnant Barrios belästigt worden zu sein. Es hat mich einige Überredungskunst gekostet, sie zum Reden zu bringen, Kapitänin. Sie will sich nicht einmischen, also wäre es gut, wenn Sie schnell zur Basis kommen, bevor sie es sich anders überlegt."

„In Ordnung, wir kommen sofort. Sorgen Sie dafür, dass Sie sie nicht aus den Augen verlieren", befiehlt Virginia. Ihre Stimme klingt entschlossen.

„Zu Befehl", antwortet Fernández, bevor er auflegt.

„Los, nimm deine Sachen, wir gehen", ordnet Virginia

an. Ihre Augen funkeln vor Tatendrang.

„Endlich haben wir etwas", sagt Marta und reibt sich die Hände. Ein Hauch von Hoffnung schwingt in ihrer Stimme mit.

Sie sind gerade dabei, durch die Tür zu gehen, als Virginias Telefon erneut klingelt. Zu Martas Verdruss ist es diesmal tatsächlich die Anwältin. Marta spürt einen Stich der Eifersucht in ihrer Brust.

„Ja, Raquel?", antwortet Virginia, während sie die Tür schließt. Ihre Stimme klingt weicher als zuvor.

„Sergeant Zapata hat mich gerade angerufen. Ich habe Neuigkeiten zum Fall, aber ich würde sie euch gerne persönlich mitteilen. Können wir uns irgendwo treffen?"

Raquel Martínez ist sich sehr bewusst, dass sie Virginia die Informationen auch am Telefon geben könnte. Doch obwohl es untypisch für sie ist, so zu handeln, sehnt sie sich danach, Virginia zu sehen. Sie wird jede Ausrede nutzen, um das zu erreichen.

„Du erwischt uns gerade auf dem Weg zu einer anderen Spur", sagt Virginia und runzelt die Stirn. „Gib mir einen Moment, ich rufe dich gleich zurück."

„Natürlich", antwortet Raquel und legt auf. Ihr Herz klopft vor Erwartung.

„Was ist los?", fragt Marta. Ihre Stimme klingt angespannt.

„Sie möchte sich mit uns treffen. Anscheinend gibt es Neuigkeiten."

„Und das muss ausgerechnet jetzt sein?" Martas Tonfall gefällt Virginia gar nicht. Sie hat bemerkt, dass Marta eifersüchtig auf die Anwältin ist, und das ärgert sie sehr.

Offenbar kann die Sergeant tun und lassen, was sie will, aber wenn Virginia mit einer anderen Frau befreundet ist, passt es ihr nicht.

„Ja, genau jetzt", antwortet Virginia kühl. „Du gehst und sprichst mit diesem Mädchen. Wenn ihre Aussage glaubwürdig ist, versuch sie zu überzeugen, mit der Guardia Civil zu sprechen. Ich treffe mich mit Raquel, wir sehen uns hier wieder."

„Wie sollen wir das machen, wenn wir nur ein Auto haben?", fragt Marta. Sie wünschte, sie hätte ein stichhaltigeres Argument, um ihre Ablehnung zu begründen.

„Nimm du es. Ich gehe zu Fuß."

„Aber Vir..."

„Genug, Marta. Tu bitte, was ich sage", sagt Virginia und gibt ihr einen Kuss auf die Lippen, der die Sergeant irgendwie beruhigt. Der Geschmack von Virginias Lippen lässt Martas Herz schneller schlagen.

„In Ordnung, wir sehen uns später."

Als Marta mit den beiden Leibwächtern ins Auto steigt, ruft Virginia Raquel an. Der Geruch von Martas Parfüm hängt noch in der Luft.

„Wo treffen wir uns?", fragt sie ohne Begrüßung.

„Konntet ihr es einrichten?", fragt die Anwältin. Ihre Stimme klingt hoffnungsvoll.

„Mehr oder weniger. Ich habe Marta zur Basis geschickt, um jemanden zu verhören. Ich kann mich also mit dir treffen, damit du mich auf den neuesten Stand bringst, und nebenbei erkläre ich dir, warum Marta zur Basis gefahren ist."

„Wunderbar", sagt Raquel. Ihr Herz macht einen kleinen Sprung. „Würde es dir etwas ausmachen, in die Wohnung zu kommen, in der ich untergebracht bin? So kann ich eine Vereinbarung für einen anderen Fall fertig schreiben. Aber wenn es dir nicht passt, können wir uns treffen, wo du möchtest."

Raquel lügt nicht, aber wäre die Sergeant dabei gewesen, hätte sie einen anderen Ort für das Treffen mit den Militärs gesucht. Virginia gefällt ihr jedoch, und dies könnte die einzige Gelegenheit sein, ein wenig Zeit allein mit ihr zu verbringen. Schließlich kennt sie sie nicht und weiß nichts über ihr Leben.

„Schick mir die Adresse", sagt die Kapitänin nach kurzem Überlegen. Sie ist sich nicht sicher, ob es eine gute Idee ist, zu Raquels Wohnung zu gehen, kommt aber zu dem Schluss, dass sie nichts Falsches tut. Und wenn sie es eines Tages tut, wird Marta kein Recht haben, ihr Vorwürfe zu machen.

Die Kapitänin erreicht trotz des Fußmarsches schnell die Adresse, die ihr die Anwältin gegeben hat. Raquel öffnet die Tür, das Telefon am Ohr, und bittet Virginia mit einem Lächeln herein. Sie deutet auf das Sofa, damit es sich Virginia bequem machen kann, während sie weiter mit ihrem Kollegen spricht. Virginia beschließt, sich nicht zu setzen, bis Raquel es tut. Sie steht und betrachtet das improvisierte Büro, zu dem Raquel das Wohnzimmer umfunktioniert hat. Der Beistelltisch quillt über vor Papieren und Ordnern, zwei Laptops thronen auf dem großen Tisch.

„Entschuldige", sagt Raquel, nachdem sie sich von

ihrem Kollegen verabschiedet hat. „Das Ärgerliche an einer eigenen Kanzlei ist, dass man rund um die Uhr erreichbar sein muss." Sie seufzt. „Möchtest du etwas trinken?"

„Wasser", antwortet Virginia, nachdem sie sich die Kehle geräuspert hat. Sie spürt Nervosität, seit sie die Schwelle übertreten hat, und versucht, den Grund dafür zu finden. Sie war schon oft mit Raquel Martínez zusammen und fühlte sich dabei ruhig - bis ihr klar wird, dass sie noch nie allein waren.

„Hier, bitte." Raquel reicht ihr ein Glas kaltes Wasser, das Virginia in einem Zug leert. „Du hattest wohl Durst", bemerkt Raquel mit einem schiefen Lächeln, das Virginia durchfährt.

„Was wolltest du mir erzählen?", fragt die Kapitänin, entschlossen, diese Spannung so schnell wie möglich zu beenden und zu gehen.

Statt sich zu setzen, bleiben beide mitten im Wohnzimmer stehen. Virginia, weil sie das Gefühl hat, in dieser Position besser reagieren zu können, auch wenn sie nicht genau weiß, worauf. Raquel, weil sie die Anspannung der Kapitänin spürt und nichts tun möchte, was sie noch unbehaglicher fühlen lässt.

„Die Ergebnisse der Analyse des Wagenhebers sind da. Es wurde bestätigt, dass es sich um menschliches Blut handelt."

„Scheiße", murmelt Virginia.

Raquel nickt mit einer Grimasse. „Ja. Sie konnten DNA-Proben extrahieren und werden sie jetzt mit Romeros vergleichen. Sie rufen mich an, sobald sie etwas wissen, aber ich habe ein ungutes Gefühl."

„Ich auch", stimmt die Kapitänin zu.

„Du bist dran", sagt Raquel.

„Moment, das ist alles, was du mir sagen wolltest?" Virginia hebt die Augenbrauen, und Raquel lächelt wieder halb und zuckt mit den Schultern.

„Ja", gibt sie gelassen zu.

Virginia verengt die Augen. „Das hättest du mir auch am Telefon erklären können, Raquel", sagt sie atemlos, als die Anwältin ein paar Schritte macht und sich direkt vor sie stellt. Zu nah, so nah, dass Virginias Puls sich verdoppelt. Sie erschaudert, als Raquel, die jetzt Mut gefasst hat, ihr eine Haarsträhne aus dem Gesicht streicht und hinters Ohr klemmt.

„Ich weiß", flüstert die Anwältin. „Aber ich will nicht leugnen, dass ich dich sehen wollte. Und ich muss zugeben, dass es mich sehr gefreut hat, dass du allein gekommen bist."

Virginia macht einen Schritt zurück, kann aber keinen weiteren machen, weil sie an den Tisch stößt.

„Wenn du willst, dass ich aufhöre, musst du es nur sagen", fügt Raquel hinzu. Sie schmiegt sich an Virginia, die keine Fluchtmöglichkeit hat, und küsst ihren Hals. Eine unerwartete Welle der Lust durchfährt Virginia und verstärkt nur die Verwirrung in ihrem Kopf, der sich in letzter Zeit in einen Wirbelsturm von Gedanken verwandelt hat.

„Ich glaube nicht, dass das eine gute Idee ist", bringt sie heraus, angespannt wie eine Bogensehne, als Raquels Hand langsam unter ihr T-Shirt gleitet und ihren Bauch streichelt.

Virginia gerät in einen inneren Konflikt. Sie fühlt sich, als säße auf ihrer einen Schulter ein Engel, der ihr zuflüstert, es nicht zu tun, und auf der anderen ein übermütiger Teufel, der sie mit Nachdruck zum Gegenteil ermutigt.

„Dann entscheide dich, denn ich habe dich vom ersten Moment an begehrt, Virginia. Und obwohl du in dieser Hinsicht sehr verschlossen bist, glaube ich, dass ich richtig liege, wenn ich sage, dass du mich auch begehrst."

Die Berührung, die langsam den Bund ihrer Hose entlangfährt, raubt Virginia den Atem. Sie ist es, die sich gierig auf Raquels Lippen stürzt. Die Anwältin empfängt sie mit einem elektrisierenden Kuss, während ihre Hände, nervös darauf bedacht, diese ersehnte Haut zu berühren, über Virginias Körper gleiten.

Die Kapitänin fühlt gleichermaßen Schuld und Erregung, aber als Raquel ihre Hose aufknöpft und die Hand in ihre Unterwäsche schiebt, schaltet etwas in ihr ab, und sie beschließt, sich fallen zu lassen. Raquels Finger an ihrer intimsten Stelle lassen die ganze Zone brennen, und sie bewegt sich selbst, um den Kontakt zu verstärken. Seit sie mit Marta zusammen ist, hat sie nicht einmal daran gedacht, eine andere Frau anzusehen. Sie braucht es nicht, weil die Sergeant sie in jeder Hinsicht erfüllt - oder erfüllte. Wut überkommt sie, und ihr wird klar, dass sie jetzt von der tiefen Verbitterung beherrscht wird, die sie nach dem Gespräch mit Marta empfindet.

„Hör nicht auf", bittet sie Raquel.

Die Anwältin keucht ein lustvolles Lächeln und gehorcht. Sie erkundet diese intime, heiße Zone der

Kapitänin, die gerade die Augen geschlossen hat und bei jeder Bewegung von Raquels Fingern und dem herrlichen Druck, den sie aufgrund von Virginias Reaktionen ausübt, abgehackt seufzt.

KAPITEL 13

„Feldwebel Pinares", ruft Unteroffizier Fernández und hebt die Hand. „Hier entlang."

Marta ist so abgelenkt, dass sie Jaime Fernández beim ersten Mal nicht hört. Er steht diskret da und beobachtet die Soldatin Rocío Beltrán. Seit sie sich von Hauptmann Robles verabschiedet hat, spürt Marta eine Unruhe, die sie kaum versteht. Trotz ihrer Bemühungen, sich auf das bevorstehende Gespräch mit dem Mädchen zu konzentrieren, das zugegeben hat, Opfer von Miguel Barrios' Belästigung zu sein, kann Marta nur verzweifelt daran denken, zur Anwältin und Virginia zu eilen.

„Geht es Ihnen gut?", fragt Unteroffizier Fernández, als er bemerkt, dass seine Vorgesetzte wie angewurzelt dasteht.

„Ja", antwortet Marta und versucht, entschlossen zu klingen. „Bringen Sie mich zur Soldatin."

Fernández mustert sie kurz und setzt sich in Bewegung. Er denkt daran, wie wenig von der ernsten und starken Soldatin übrig geblieben ist, die er vor Tagen im Park kennengelernt hat.

„Beltrán, das ist Feldwebel Pinares. Sie muss mit Ihnen über das sprechen, was Sie mir erzählt haben."

„Guten Tag, Feldwebel", salutiert die Soldatin, die immer noch unsicher ist, ob sie sich in die Ermittlungen einmischen soll.

„Rühren, Soldatin. Unteroffizier Fernández, lassen Sie uns bitte allein", fordert Marta, um der jungen Frau ein Gefühl von Sicherheit zu geben. „Ich komme gleich zur Sache, Beltrán. Ich muss alles wissen, was zwischen Ihnen und Leutnant Miguel Barrios vorgefallen ist. Bitte seien Sie so genau wie möglich, Ihre Aussage könnte uns sehr helfen."

„Stecke ich in Schwierigkeiten, Feldwebel?", fragt Rocío Beltrán nervös. Sie fürchtet, dass zu viel oder zu wenig zu sagen, sie in Probleme bringen könnte.

„Was Sie mir erzählen, bleibt vertraulich. Deshalb habe ich Fernández weggeschickt", erklärt Pinares und sieht ihr in die Augen. „Aber bedenken Sie, dass gegen Miguel Barrios ermittelt wird. Wenn Ihre Aussage hilfreich ist, müssen Sie möglicherweise offiziell aussagen. Sie geraten dadurch aber nicht in Schwierigkeiten, Beltrán."

Die Soldatin blickt sie skeptisch an. Sie ist noch nicht lange beim Militär, aber lang genug, um viele Ungerechtigkeiten gesehen zu haben. Sie hat sogar selbst erlebt, wie ein Vorgesetzter ihr sagte, sie übertreibe, als sie ihm mitteilte, dass sie sich in Leutnant Barrios' Gegenwart unwohl fühle.

„Ein Mädchen ist verschwunden", fährt Pinares fort, als sie Beltráns Zögern bemerkt. „Und die Zeit läuft uns davon. Wir brauchen jeden Hinweis. Ihre Familie ist verzweifelt, und wir auch."

„In Ordnung", seufzt Rocío tief. „Ich erzähle Ihnen alles, was seit meiner Ankunft auf der Basis mit Leutnant Miguel Barrios passiert ist."

Eineinhalb Stunden lang berichtet Rocío Fernández detailliert, wie Leutnant Barrios sie wenige Tage nach ihrer Ankunft auf der Militärbasis ins Visier nahm. Sie schildert die zufälligen Begegnungen mit ihrem Vorgesetzten, wenn sie aus dem Bad, der Kantine oder sogar den Schlafsälen kam, und wie diese Vorfälle zunahmen, selbst außerhalb der Basis.

„Ich erwischte ihn dabei, wie er heimlich Fotos von mir machte", sagt Beltrán kopfschüttelnd. „Es schien, als sei er daran gewöhnt. Er versteckte sein Handy geschickt zwischen Akten, die er immer bei sich trug."

Marta notiert alles in Windeseile, kreist besonders relevante Informationen ein und markiert jene mit den Initialen von María Teresa Romero, die Ähnlichkeiten mit deren Aussage gegenüber ihrer Anwältin aufweisen.

Die Soldatin erzählt Marta, dass einige Vorgesetzte auf der Basis wussten, dass Barrios gerne seine Untergebenen beobachtete, aber niemand etwas unternahm, um ihn zu ermahnen oder zumindest zu warnen.

„Wären Sie bereit, das alles offiziell auszusagen, falls nötig?", fragt Feldwebel Pinares, die glaubt, genug Informationen zu haben, um Virginia anzurufen und die nächsten Schritte zu besprechen.

„Ich gebe zu, dass ich Zweifel hatte, Feldwebel", gesteht Beltrán. „Aber wenn ich an Romero denke, sträuben sich mir die Haare bei der Vorstellung, dass ich es hätte sein können, die verschwunden ist. Zählen Sie auf mich, wenn Sie mich brauchen."

„Ich melde mich, falls wir noch etwas benötigen. Bitte behandeln Sie dieses Thema diskret, es ist äußerst wichtig", bittet Marta Pinares, während sie sich von der Betonmauer erhebt, auf der beide sitzen.

Marta dreht sich um und geht zum Parkplatz, wo Garzón und Díaz warten, um sie nach Hause zu bringen. Sie zieht ihr Handy heraus und starrt frustriert auf den Bildschirm. Virginia hat ihr nicht einmal eine Nachricht hinterlassen, um ihr wie üblich mitzuteilen, was sie mit der Anwältin Raquel Martínez besprochen hat oder wo sie sich treffen. Sie beschließt, sie anzurufen. Schließlich hat sie das Auto und es wäre besser, Virginia dort abzuholen, wo sie gerade ist. So müsste sie nicht laufen. Zumindest redet Marta sich das ein, um nicht zugeben zu müssen, dass sie so schnell wie möglich zu den beiden Frauen will. Sie erträgt es kaum, wie die Augen der Anwältin genüsslich über den Körper ihrer Freundin wandern.

Raquels Finger gleiten durch Virginias feuchte Wärme, und sie stöhnt leise: „Gott, du bist so nass. Ich habe mich so danach gesehnt, dich so zu spüren."

Virginia sitzt mit dem Rücken gegen den Schreibtisch gepresst, ihre Arme um Raquels Nacken geschlungen. Die exquisite Art, wie die Anwältin sie berührt, treibt sie in den Wahnsinn. Trotz ihres schweren Atems und der zurückrollenden Augen kann Virginia das nagende Gefühl nicht abschütteln, Marta zu betrügen. Die Wut, die sie in Raquels Arme getrieben hat, verflüchtigt sich. Sie schwankt zwischen dem Drang weiterzumachen und dem Wunsch, ihre Partnerin zu stoppen, die nun ihre Hüften bewegt, auf der Suche nach Erlösung.

In dem Moment, als Virginia beschließt, nicht aufzuhören, durchbricht das schrille Klingeln ihres Handys die aufgeladene Atmosphäre. Raquel zuckt zurück, ihre Hand gleitet aus Virginias Hose. Mit zitternden Fingern greift die Hauptfrau nach dem Gerät. Martas Name leuchtet auf dem Display.

„Scheiße, Scheiße, Scheiße", murmelt Virginia und fährt sich mit den Händen übers Gesicht. Sie fühlt sich wie ein Teenager, der beim ersten Zigarettenrauchen erwischt wird.

„Was ist los?", fragt Raquel mit weit aufgerissenen Augen, verwirrt von Virginias heftiger Reaktion.

Virginia antwortet nicht. Sie starrt auf das vibrierende Handy in ihrer Hand, sucht nach einer Antwort, die nicht kommt. Schließlich entscheidet sie sich, wie eine Erwachsene zu handeln.

„Ja, Marta?", ihre Stimme zittert so stark, dass sie das Handy kaum ans Ohr halten kann.

„Vir, ich bin fer... Alles in Ordnung bei dir?"

Marta stoppt mitten im Satz. Nach sechs Klingeltönen hat Virginia mit zittriger, abgehackter Stimme geantwortet. Tausend Gedanken rasen durch Martas Kopf, so schnell, dass ihr schwindelig wird. Sie lehnt sich gegen das nächste Auto und schließt die Augen, während sie auf Virginias Antwort wartet.

„Mir geht's gut", hört sie Virginia sagen. „Wo bist du?"

„Auf dem Stützpunkt. Ich wollte dich abholen",

antwortet Marta und bemüht sich, ruhig zu bleiben, obwohl sie am liebsten schreien und fragen würde, warum zum Teufel Virginia so außer Atem ist.

„Wir sehen uns zu Hause", erwidert die Hauptfrau, ihre Stimme immer noch unsicher.

Eins, zwei, drei, vier, fünf, sechs, sieben, acht, neun, zehn. Atmen.

Marta beißt die Zähne so fest zusammen, dass ein stechender Schmerz durch ihren Kiefer schießt. Sie weiß nicht, wie sie reagieren soll. Obwohl sie Virginia am liebsten zur Rede stellen würde, erinnert sie sich an ihr eigenes Versprechen, dass beide tun und lassen können, was sie wollen – sogar andere Menschen kennenlernen. Marta widerspricht sich selbst: Sie will sich nicht binden, ihre Freiheit genießen, aber der Gedanke, dass Virginia mit Raquel Martínez schlafen könnte, zerreißt ihr das Herz.

„Okay", ist alles, was die Feldwebelin herausbringt, bevor sie auflegt.

Virginia vergräbt ihr Gesicht in den Händen. Sie atmet so schwer, dass sich die Wohnung um sie herum zu drehen scheint. Hektisch sucht sie nach dem Ausgang und stürmt hinaus, ohne Raquel eines Blickes zu würdigen.

„Virginia, warte!"

Doch Virginia hält nicht an. Sie eilt die Treppe hinunter, als flüchte sie vom Tatort eines Verbrechens, dessen einzige Schuldige sie selbst ist. Im Erdgeschoss angekommen, reißt sie die Haustür auf, verzweifelt nach Luft schnappend.

„Scheiße", wiederholt sie, als wäre dies das einzige Wort, das ihre Lippen noch formen können.

Sie beugt sich vor, die Hände auf die Knie gestützt.

Ihr Herz rast so schnell, dass sie befürchtet, jeden Moment ohnmächtig zu werden. Eine erdrückende Angst überkommt sie, gepaart mit Wut über diese Gefühle – schließlich hat sie nichts Falsches getan.

„Virginia, komm schon, steh auf", Raquel Martínez erscheint vor ihr, Besorgnis zeichnet ihr Gesicht. „Was ist los?"

„Ich kann nicht atmen", keucht Virginia. „Ich bekomme keine Luft."

„Du hast eine Panikattacke", stellt Raquel fest. „Sieh mich an und atme mit mir. Ganz langsam."

Die Hauptfrau Robles hat sich selten in einer solchen Situation befunden, schon gar nicht mitten auf der Straße, mit offenem Hosenbund und der Frau, die sie eben noch berührt hat, die ihr nun bei Atemübungen hilft. Nach einer gefühlten Ewigkeit normalisiert sich Virginias Puls, und die Luft strömt wieder mühelos in ihre Lungen. Raquel führt sie zurück ins Treppenhaus, wo sie sich in eine ruhige Ecke zurückziehen.

„Geht es dir besser?", fragt Raquel und sucht Virginias Blick.

„Ja", antwortet Virginia. „Verdammt, wie peinlich. Du musst denken, ich sei ein Neuling oder so was."

Raquel lacht auf, und die Anspannung zwischen den beiden Frauen löst sich ein wenig.

„Das war wirklich mein letzter Gedanke. Ich habe eher geschlussfolgert, dass du und Marta zusammen seid. Anders kann ich mir deine Reaktion auf ihren Anruf nicht erklären", sagt Raquel mit sanfter Stimme.

Virginia lächelt traurig und knöpft ihre Hose zu. Der

Stoff fühlt sich rau unter ihren Fingern an.

„Marta und ich sind in einer Beziehung, aber denk nicht, dass ich normalerweise so bin", erklärt sie hastig, als sie Raquels Gesichtsausdruck sieht. „Es ist... kompliziert, Raquel. Wir durchleben gerade keine einfache Zeit. Zumindest ich nicht. Ich weiß nicht einmal mehr, was wir sind."

„Du musst dich nicht rechtfertigen, Virginia. Paare haben ihre Probleme und Vereinbarungen. Ich werde dich nicht verurteilen", erwidert die Anwältin und streicht sanft über Virginias Arm. Die Berührung hinterlässt eine Gänsehaut.

Virginia kämpft gegen aufsteigende Tränen an. Am liebsten würde sie ihren Kopf gegen die Wand schlagen.

„Ich wünschte, ich hätte dich zu einem anderen Zeitpunkt kennengelernt, Raquel. Aber ich liebe sie. Ich liebe sie sehr und will nur mit ihr zusammen sein. Was zwischen uns passiert ist, hat mir nur etwas bestätigt, das ich schon wusste. Es tut mir leid."

Raquel Martínez, eine Frau, die noch nie zuvor eine Abfuhr erhalten hat, nimmt den Schlag mit Würde hin.

„Nein, ich muss mich entschuldigen, Virginia. Eigentlich ahnte ich, dass zwischen dir und Marta etwas läuft. Aber du hast mich so angezogen, dass ich nicht fair gespielt habe", gesteht Raquel mit einem schuldbewussten Gesichtsausdruck. „Ich verspreche dir, dass ich nichts mehr versuchen werde."

„Jedes Mal, wenn wir uns begegnet sind, hatte ich das Gefühl, du würdest mich mit deinen Blicken ausziehen", sagt Virginia und schüttelt amüsiert den Kopf. „Sie sind sehr wagemutig, Frau Anwältin."

„Schuldig im Sinne der Anklage", erklärt Raquel und hebt beide Hände. „Geh jetzt und sprich mit Marta. Sei unbesorgt, sie wird von mir nichts über das erfahren, was zwischen uns vorgefallen ist. Aber ich glaube, du musst mit ihr reden. Du musst dich wirklich schlecht gefühlt haben, um diese Panikattacke zu erleiden."

„Danke, Raquel. Nicht nur für deine Verschwiegenheit, sondern auch dafür, dass du dich um mich gekümmert und mir geholfen hast, mich zu beruhigen. Ich gehe jetzt nach Hause. Wir bleiben in Kontakt", beendet Virginia das Gespräch. „Wenn du neue Informationen hast, ruf mich sofort an."

Die beiden Frauen verabschieden sich mit einer herzlichen Umarmung. Virginia überprüft noch einmal, ob ihre Hose richtig geschlossen ist, und macht sich auf den Weg zur Wohnung, die sie mit Marta teilt. Jetzt muss sie entscheiden, was sie tun soll, nachdem sie die Lippen einer anderen Frau gekostet hat und mit Sicherheit weiß, dass sie mit niemandem außer Feldwebel Marta Pinares zusammen sein möchte.

KAPITEL 14

Virginia weiß nicht einmal, wie sie zum Eingang des Apartments gelangt ist, das sie mit Marta in diesem Dorf teilt. Ihr Kopf fühlt sich benebelt an, und ihr Herz rast, während Adrenalin durch ihre Adern pumpt. Mit den Schlüsseln in der Hand steht sie ein paar Minuten vor der Tür und versucht, ihre Fassung wiederzuerlangen. Vor allem aber will sie dieses erdrückende Schuldgefühl draußen lassen, bevor sie die Wohnung betritt.

Sie atmet tief aus, streicht sich durch die Haare und überprüft zum dritten Mal, ob ihre Hose geschlossen und ihre Kleidung ordentlich sitzt. Dann öffnet sie die Tür und tritt ein. In diesem Moment wird ihr klar, dass die Minuten, die sie sich zur Beruhigung gegönnt hat, vergebens waren. Sobald Marta vom Sofa aufsteht und sie ansieht, beginnt Virginias Herz wieder wild zu schlagen. Sie hat das Gefühl, als würde ihr die Luft aus den Lungen gesaugt wie bei einer Vakuumverpackung.

„Wo warst du?", fragt Marta, ohne den Blick von der Hauptfrau abzuwenden.

„Bei Raquel, das weißt du doch", antwortet Virginia zu

schnell.

Marta runzelt die Stirn und macht einen Schritt auf sie zu.

„Was ist los mit dir, Virginia?", fragt die Feldwebelin. „Du warst schon seltsam am Telefon, und jetzt wirkst du völlig abwesend."

Virginia hebt den Blick, kann Martas Augen jedoch nicht standhalten. Das Schuldgefühl für etwas, das sie eigentlich frei tun dürfte, schnürt ihr die Brust zu. Marta macht einen weiteren Schritt, ohne den Blick von Virginias verstörtem Gesicht zu nehmen, bis sie es begreift und ihre Vermutungen sich bestätigen, ohne dass Virginia etwas sagen muss.

„Verdammt", sagt sie und tritt einen Schritt zurück. „Du hast dich mit ihr eingelassen."

Virginia hebt erneut den Blick, und Marta wünscht sich inständig, sie würde ihr sagen, dass sie sich irrt. Doch die Hauptfrau sieht sie nur mit tiefer Verwirrung an.

„Wie konntest du uns das antun, wo es uns doch so gut ging, Virginia?!", schreit Marta verletzt.

Der Vorwurf hallt in Virginias Kopf wider, bis er sie vollends wütend macht.

„Uns? Ich erinnere dich daran, dass du es warst, die klargestellt hat, dass wir frei sind zu tun, was wir wollen", kontert die Hauptfrau und kämpft gegen die Tränen der Wut an.

„Natürlich, und du hast keine Zeit verloren, dich mit der Ersten einzulassen, die sich dir an den Hals geworfen hat, nicht wahr?", spuckt Marta aus.

Der Kommentar trifft Virginia wie ein scharfes

Schwert, das ihr die Brust durchbohrt. Es bringt sie zum Explodieren, und sie lässt all das heraus, was sie seit diesem verdammten Gespräch in sich aufgestaut hat.

„Wage es ja nicht, mir irgendetwas vorzuwerfen, Marta", warnt Virginia und macht zwei Schritte auf die Feldwebelin zu. Ihre Stimme zittert vor unterdrückter Wut. „Ich war bis vor ein paar Tagen vollkommen glücklich. Ich dachte, wir hätten etwas mit Zukunft, etwas, an das wir beide glaubten und in die gleiche Richtung gingen. Aber als du diese Bombe platzen ließest und sagtest, wir könnten andere Leute kennenlernen, hast du mich völlig zerstört."

Virginia bemerkt nicht einmal, dass ihr Tränen über die Wangen laufen. Der salzige Geschmack erreicht ihre Lippen. „Seitdem bin ich völlig verloren, Marta. Jeden Tag frage ich mich, ob du mit anderen zusammen warst oder ob du irgendwann jemanden triffst, der dich mehr interessiert als ich, und du einfach verschwindest. Aber ich liebe dich so sehr, dass es mich zu Tode erschreckt, dich zu fragen und eine Antwort zu bekommen, die mich zerstört."

Marta sollte sich einen Moment Zeit nehmen, um über Virginias Worte nachzudenken. Die Hauptfrau hat ihr Herz geöffnet und ihre Ängste offenbart. Doch die Feldwebelin ist so verletzt und eifersüchtig wegen des Vorfalls mit der Anwältin, dass sie in diesem Moment nichts verarbeiten kann. Sie kann nur weiter angreifen.

„Was hast du denn erwartet, dass ich sage, wenn du vorschlägst, zusammen ein Haus zu mieten, Virginia? Wir sind kaum ein paar Monate zusammen, und du willst schon so einen wichtigen Schritt machen."

Virginia blinzelt verwirrt. Der Geruch von Martas

Parfüm, der in der Luft hängt, lenkt sie kurz ab.

„Wir leben doch schon zusammen, Marta", sagt sie und wischt sich diesmal das salzige Wasser von den Wangen. „Ich verstehe den Unterschied nicht. Ich habe nur vorgeschlagen, nicht einmal gefordert", präzisiert sie, „dass wir etwas mieten, das uns beiden gehört, damit wir uns zu Hause fühlen, wenn wir von der Arbeit zurückkommen." Virginia schüttelt ungläubig den Kopf. „Verdammt, ich habe dich nicht um deine Hand gebeten oder ewige Liebe geschworen. Ich wollte nur einen kleinen Schritt weiter in einer Beziehung gehen, die für mich auf einem soliden Fundament stand. Aber mach dir keine Sorgen, angesichts deiner Zurückhaltung habe ich bereits beschlossen, mir eine eigene Wohnung zu suchen, wenn wir nach Madrid zurückkehren."

„Versuch nicht, den Spieß umzudrehen und mich schuldig aussehen zu lassen, Virginia. Von uns beiden warst du diejenige, die mit einer anderen gevögelt hat", schießt Marta, die immer noch in ihrem Eifersuchtsanfall gefangen ist.

Virginia spürt, wie der Schmerz ihre Brust bedrohlich zusammenschnürt. Sie schweigt für einige Sekunden und weint vor lauter Ohnmacht. Sie erinnert sich an ihr Gespräch mit Carlota, in dem diese ihr ihre Optionen aufgezeigt hatte. Die Hauptfrau wägt ab und beschließt, dass sie so nicht weitermachen will. Sie hat sie nicht in diese Situation gebracht und ist nicht bereit, Martas Schuldzuweisungen zu ertragen, nur weil sie etwas getan hat, wozu Marta selbst gesagt hat, sie hätten das Recht dazu. Sie denkt nicht einmal daran, klarzustellen, dass sie und Raquel nicht miteinander geschlafen haben.

„Es ist vorbei, Marta", sagt sie mit einer wiedergewonnenen Ruhe, die die Feldwebelin überrascht. Marta spürt, wie ihr Herz stehen bleibt, als sie Virginia hört. „Es ist offensichtlich, dass wir an unterschiedlichen Punkten stehen und nicht dasselbe wollen. Meine Gefühle für dich sind nicht dieselben wie deine für mich, und es ist das Beste, wenn wir hier Schluss machen, bevor wir uns noch mehr verletzen."

Als Virginia fertig gesprochen hat, herrscht Totenstille in der Wohnung. Die Hauptfrau weiß immer noch nicht, woher sie den Mut genommen hat, die Worte auszusprechen, von denen sie weiß, dass sie sie zerstören werden. Marta braucht einige Sekunden, um zu begreifen, dass Virginia tatsächlich mit ihr Schluss macht.

„Das kommt dir jetzt gerade recht, nicht wahr?", platzt es plötzlich aus der Feldwebelin heraus. Auch ihr laufen nun Tränen wie zwei Wasserfälle über das Gesicht. „Du verlässt mich, damit du dich in aller Ruhe mit der Anwältin vergnügen kannst, während wir in diesem Scheißdorf festsitzen."

Tief in ihrem Inneren weiß Marta, dass sie einen Fehler macht. Sie sollte über das nachdenken, was gerade passiert, und alles tun, damit Virginia sie nicht verlässt. Aber sie ist blind vor Wut und jetzt auch vor Stolz. Sie presst die Kiefer aufeinander, eilt an der Hauptfrau vorbei, greift hastig nach ihrer Handtasche und verlässt die Wohnung mit einem Knall der Tür.

Virginia zuckt zusammen, als Marta die Tür zuschlägt. Doch sie bewegt sich nicht, obwohl sie nur hinter ihr herlaufen und sie anflehen möchte zu bleiben. Tränenüberströmt sinkt sie auf die Knie, die Hand auf der Brust, und versucht, den scharfen Stich zu beruhigen, der sie durchbohrt. Sie ist entschlossen, bei ihrer Entscheidung zu bleiben, denn sie weiß, dass sie verrückt werden wird, wenn sie so weitermacht wie bisher.

KAPITEL 15

Virginia Robles hat die ganze Nacht kaum ein Auge zugetan. Nachdem sie sich von ihrer zweiten Panikattacke des Vortages erholt hatte, nahm sie eine längere Dusche als üblich und legte sich ins Bett, um zu versuchen, etwas Ruhe zu finden. Zwei Stunden später stand sie auf und wechselte die Bettwäsche. Martas Duft, der in den Laken hing, brachte die Hauptfrau um den Verstand. Den Rest der Nacht verbrachte sie in einem Halbschlaf, zwischen Schuld und Wut hin- und hergerissen, aber mit einer Gewissheit: Die Entscheidung, die sie getroffen hatte, war die richtige.

Um acht Uhr morgens stellt Virginia ihre Kaffeetasse in der Küche ab, um zur Basis aufzubrechen. Nie zuvor hat sie zugelassen, dass ihre Gefühle oder persönlichen Probleme ihre berufliche Leistung beeinträchtigen, und diesmal wird es nicht anders sein, obwohl die Frau, die ihr Herz gebrochen hat, auch ihre Arbeitskollegin ist.

„Guten Morgen", sagt die Hauptfrau, als sie das Büro betritt, das ihnen auf der Basis zugewiesen wurde, und Feldwebel Pinares an ihrem Schreibtisch sieht, wie sie einige Papiere durchsieht.

„Guten Morgen, Frau Hauptmann", erwidert Marta professionell.

Virginias Herz macht zwei Sprünge, und sie kann das Zittern ihrer Beine kaum kontrollieren, als sie die Stimme der Frau hört, die sie bis gestern als ihre Freundin betrachtete.

„Wenn Sie einen Moment Zeit haben, würde ich Ihnen gerne erzählen, was ich gestern mit Soldatin Rocío Beltrán besprochen habe", sagt Marta sofort, den Blick auf die Papiere geheftet.

„Jetzt ist ein guter Zeitpunkt", antwortet Virginia und versucht, den Schmerz zu verbergen, den sie empfindet, als sie sieht, wie die Vertrautheit, die sie mit Marta hatte, genauso den Bach runter gegangen ist wie ihre Beziehung. „Etwas Interessantes?"

„Es gibt einige Dinge, die uns nützlich sein könnten", sagt Feldwebel Pinares, während sie aufsteht und mit entschlossenen Schritten auf Virginias Schreibtisch zugeht. „Ich habe alles notiert, was mir relevant erschien."

Virginia nimmt die Papiere entgegen, die ihre Untergebene ihr anbietet, und wirft einen schnellen Blick darauf. Der Geruch von frischem Papier und Tinte steigt ihr in die Nase.

„Es ist besser, wenn Sie mir eine Zusammenfassung geben, Pinares."

Feldwebel Marta Pinares blickt Virginia für einen Moment an. Sie findet sie so schön wie immer, und ein dicker Kloß bildet sich in ihrem Hals. Sie würde ihr Gesicht gerne berühren und ihr einen Kuss geben, der wie Balsam wirkt, um sie beide zu beruhigen. Aber sie ist immer noch wütend, obwohl sie im Gegensatz zum Vortag jetzt auch verwirrt ist. Sie beschließt, diese aufdringlichen Gedanken, die ihren Kopf durchbohren, beiseite zu schieben und sich auf den Fall zu konzentrieren, der sie in dieses Dorf und zur Zusammenarbeit mit der Anwältin Raquel Martínez geführt hat.

Eins, zwei, drei, vier, fünf, sechs, sieben, acht, neun, zehn. Atme.

„Leutnant Barrios verfolgte Soldatin Beltrán monatelang. Anfangs war er sehr diskret, anscheinend sah er sie nur aus der Ferne und nicht viel mehr", erklärt Marta und fährt sich mit der Hand über die Stirn. Sie ist erschöpft, hat nicht nur nicht geschlafen, sondern sich nicht einmal hingelegt.

„Setzen Sie sich, Pinares", befiehlt Virginia, der das Herz schwer wird, als sie Martas Müdigkeit und die dunklen Ringe unter ihren Augen bemerkt. „Sie sagen, am Anfang ging er nicht weiter, aber später?"

„Danach wurde Barrios etwas offensichtlicher. Rocío Beltrán traf sogar im Kino auf ihn. Sie fand es seltsam, weil er allein war und sie ständig anstarrte. Von da an kamen die heimlichen Fotos, die Verfolgungen und sogar Einladungen zum Trinken außerhalb der Basis."

„Dieser Barrios", sagt Virginia. „Obwohl mich nichts davon überrascht, der Typ ist ein professioneller Stalker."

„Obwohl anscheinend harmlos", sagt Marta, was Virginia beide Augenbrauen in einem klaren Ausdruck der Überraschung hochziehen lässt.

„Warum sagen Sie das?"

„Soldatin Beltrán sagte mir, dass er sie nie angefasst

oder seinen Rang ausgenutzt hat, um etwas von ihr zu verlangen. Sie versichert", Marta überprüft ihre Notizen auf der Suche nach dem genauen Wort, „er sei eher ein Spanner als ein körperlicher Angreifer. Früher hatte er auch andere Mädchen angeschaut, und nachdem Romero zur Basis kam, ließ er Beltrán in Ruhe."

„Er tauschte eine gegen die andere aus, aber das schließt ihn nicht von Verdächtigungen aus", sagt Virginia seufzend. Sie hatte gehofft, dass Marta ihr mehr geben würde. „Vielleicht kam er bei ihr zu nichts, aber bei Romero könnte die Besessenheit ihn auf ein anderes Niveau gebracht haben."

„Das Gleiche habe ich ihr auch gesagt, aber hier kommt das Interessante: Sie erwähnte, dass es bei einer Frau wie der des Leutnants, die ihn an der kurzen Leine hielt, schwierig sei, dass er mehr tun könnte."

Virginia kann ihre Überraschung nicht verbergen, als sie Marta zuhört. „Was ist mit der Frau?"

„Es scheint, dass Frau Montilla ihren Mann in letzter Zeit gut im Auge behält. Wenn Miguel Barrios einer von denen ist, die überall auftauchen, wenn es darum geht, einem Mädchen zu folgen, das ihm gefällt, ist seine Frau eine Expertin darin. Laut Beltrán streift Isabel Montilla um die Basis herum, nimmt an allen Veranstaltungen teil, bei denen ihr Mann dabei ist, und sie sah sie sogar ein paar Mal außerhalb der Bar La Terraza in ihrem Auto sitzen, während der Leutnant drinnen war", erzählt Marta und verzieht die Lippen.

„Ist die Soldatin hundertprozentig sicher, dass es sich um Miguel Barrios' Frau handelt?", fragt die Hauptmann, ihre Stimme eine Mischung aus Spannung und Ungeduld.

„Absolut sicher", bestätigt Sergeant Pinares mit fester Überzeugung. „Isabel selbst stellte sich ihr bei einer Veranstaltung auf der Basis vor Monaten vor. Die Soldatin glaubt, dass die Frau bemerkte, wie ihr Mann sie ansah, und ihr Revier markieren wollte."

Virginia springt so abrupt von ihrem Stuhl auf, dass Marta erschrocken zusammenzuckt. Die Erschöpfung und der Schmerz über die unsichtbare Mauer zwischen ihnen haben Marta unkonzentriert gemacht.

„Wir statten Isabel Montilla jetzt sofort einen Besuch ab", entscheidet Virginia Robles, während sie ihr Handy ans Ohr hebt, um Garzón und Díaz anzurufen. Ihre Finger zittern leicht, als sie die Nummer wählt.

„Mein Mann ist nicht da", platzt Isabel Montilla heraus, sobald sie die Tür öffnet und die beiden Militärfrauen mit ernsten Mienen vor sich sieht. Der Duft von frisch gebackenem Brot strömt aus dem Haus.

„Wir sind gekommen, um Sie zu sehen, Frau Montilla", erklärt Robles, ihre Augen forschen in Isabels Gesicht nach verräterischen Zeichen.

„Was wollt ihr von mir? Ich habe euch bereits alles gesagt, was ich weiß." Isabels Stimme klingt defensiv, fast ängstlich.

Virginia denkt blitzschnell nach. Isabel ist nicht dumm, und wenn sie zu aggressiv vorgehen, könnte sich die Frau verschließen und ihnen nicht einmal Einlass gewähren. Also ändert sie ihre Strategie.

„Entschuldigen Sie die erneute Störung, aber wir müssen Ihnen ein paar Fragen stellen. Ich versichere Ihnen, es wird nicht lange dauern. Es ist reine Routine", sagt Virginia, ihre Stimme sanft und beruhigend.

Isabel mustert sie, erst die eine, dann die andere, bevor sie mit einer Geste des Unmuts zur Seite tritt, um sie einzulassen. Der schwere Duft von Jasmin hängt in der Luft, vermischt mit dem Geruch von Angst und Nervosität.

„Ich habe nur fünf Minuten, also sagt, was ihr zu sagen habt", erklärt Miguel Barrios' Frau, nachdem sie sich auf das Sofa im Wohnzimmer gesetzt haben. Das weiche Leder knarrt unter ihrem Gewicht.

„Wissen Sie von einer möglichen Affäre Ihres Mannes mit María Teresa Romero?", fragt Virginia unvermittelt und lässt Sergeant Pinares fassungslos die Augen aufreißen.

„Wie können Sie es wagen?", fragt Isabel zornig und springt vom Sofa auf. Ihre Wangen glühen vor Wut. „Mein Mann würde sich nie für so ein junges Ding interessieren. Man musste sie nur ansehen, um zu wissen, dass sie eine arme Versagerin war. Miguel und ich sind glücklich, er liebt mich und hat keine Augen für andere Frauen. Jetzt verlassen Sie bitte mein Haus und kommen Sie nie wieder."

Die beiden Militärfrauen verlassen schweigend das Haus und hören hinter sich die Tür zuknallen. Marta, obwohl schockiert von der Vorgehensweise ihrer Hauptmann, wendet sich ihr mit hochgezogenen Augenbrauen zu und duzt sie.

„Warum hast du sie das gefragt?"

„Von dem Moment an, als sie die Tür öffnete und uns sah, war sie sehr nervös. Und wenn du darüber nachdenkst, hat sie diese Nervosität die ganze Zeit nicht kontrollieren können, so sehr sie es auch versucht hat", erklärt Virginia, während sie an ihrem Handy herumfummelt. Ihre Finger tanzen über den Bildschirm, als ob sie dort Antworten suchen würden.

„Das ist angesichts der Situation ihres Mannes normal", meint Marta.

„Da stimme ich dir zu, aber nicht, dass ihr diese wütende Reaktion entschlüpft ist und sie außerdem in der Vergangenheitsform und mit solchem Ekel von María Teresa Romero gesprochen hat. Als wäre sie endlich tot."

Martas Gesichtsausdruck verändert sich mehrmals, bis sich schließlich ihr Mund vor Erstaunen öffnet, als sie Virginias Schlussfolgerung begreift.

„Verdammt, du hast völlig recht."

„Es ist besser gelaufen, als ich gedacht habe, und wir haben jetzt einen stärkeren Faden, an dem wir ziehen können", sagt Virginia, während sie ihr Handy ans Ohr hebt, um die Anwältin anzurufen. Ihr Herz rast vor Aufregung. „Raquel, ich brauche dich, um Kontakt mit Sergeant Valeriano Zapata aufzunehmen. Ich glaube, wir haben die falsche Person untersucht."

KAPITEL 16

Nach einem langen Arbeitstag und dem Ertragen des Drucks, der jetzt zwischen ihr und Marta herrscht, verlässt Virginia das Büro auf der Basis und lässt die Sergeant drinnen zurück. Marta hat ihr nicht gesagt, ob sie heute Abend in die Wohnung zurückkehren wird oder nicht, nur dass sie noch etwas länger arbeiten wird.

Virginia beschließt, dass sie frische Luft braucht. Wenn sie sich so früh in der Wohnung einschließt, wird sie zwischen den vier Wänden ersticken. Sie beginnt ziellos durch das Dorf zu wandern und denkt an die Soldatin Romero. Sie will, dass sie auftaucht, sie braucht es, und ihr dreht sich der Magen um, als ihr klar wird, dass ihre Gedanken wieder einmal egoistisch sind. Sie will, dass Romero auftaucht, damit sie dieses Dorf verlassen, nach Madrid zurückkehren und so schnell wie möglich eine Wohnung finden kann, um ihr Leben irgendwie neu zu ordnen, ohne Marta auch außerhalb der Arbeit sehen zu müssen.

Die Hauptmann erinnert sich an ihr Gespräch mit Jorge Del Valle an dem Tag, als er ihr diese Arbeit anbot und sie fragte, ob es eine gute Idee sei, Marta in das Team aufzunehmen. Virginia machte deutlich, dass sie Arbeit und Gefühle trennen könne, aber es fällt ihr sehr schwer.

Sie nähert sich einem Kinderspielplatz, auf dem nur ein paar Kinder unter der Aufsicht ihrer Mutter spielen, als ihr Telefon zu klingeln beginnt. Virginia seufzt mit seltsamer Erleichterung, als sie Carlotas Namen sieht, und sucht sich die am weitesten von den spielenden Kindern entfernte Bank, um sich darauf zu setzen, die Beine hochzuziehen und die Arme um die Knie zu schlingen. Sie fühlt sich plötzlich sehr klein und verletzlich.

Virginia's Handy vibriert in ihrer Tasche. Sie zögert, bevor sie es herauszieht und Carlotas Namen auf dem Display sieht. Mit einem tiefen Atemzug nimmt sie den Anruf entgegen.

„Hallo, Carlota", murmelt sie, ihre Stimme rau vom langen Schweigen.

„Virginia, erwische ich dich gerade schlecht?", fragt Carlota, ihre Stimme voller Sorge.

„Nein, ich... spaziere nur." Virginia's Blick schweift über die grauen Straßen, die plötzlich so fremd erscheinen.

„Spazieren? Um diese Uhrzeit?" Carlota's Verwunderung ist spürbar. „Ist alles in Ordnung?"

Virginia's Schweigen ist ohrenbetäubend.

„Ich nehme an, ich habe richtig geahnt, als ich anrief", fährt Carlota fort. „Du hast mich neulich beunruhigt zurückgelassen. Wie läuft es?"

Ein trauriges Lächeln huscht über Virginia's Gesicht, unsichtbar für Carlota. „Es ist vorbei", flüstert sie. „Marta und ich... wir haben Schluss gemacht. Und das Schlimmste ist, ich weiß nicht einmal, ob es meine Schuld ist."

„Deine Schuld?" Carlota's Stimme klingt ungläubig.

Virginia schluckt hart. „Ich hatte einen... Moment mit der Anwältin." Ihre Worte kommen mechanisch, fast leblos. „Ich war in ihrer Wohnung, um über den Fall zu sprechen, und dann... ist etwas passiert."

Ihr Herz rast bei der Erinnerung, und ein hysterisches Lachen entfährt ihr. „Nein, ich habe nicht mit ihr geschlafen", erklärt sie, bevor Carlota fragen kann. „Obwohl Marta das denkt. Vielleicht hätte ich es tun sollen, immerhin..." Sie bricht ab, massiert ihre Nasenwurzel. „Gott, ich weiß nicht einmal, was ich da rede."

„Warum fängst du nicht von vorne an?", schlägt Carlota sanft vor.

Virginia erklärt alles, ihre Stimme ruhig, aber ihre Kehle wie zugeschnürt. Der Schmerz pulsiert in ihren Schläfen, jeder Muskel ihres Körpers angespannt.

„Sie hat es so gedreht, als wäre alles meine Schuld", fährt Virginia fort, die Frustration in ihrer Stimme greifbar.

„Denk nicht daran", versucht Carlota sie zu beruhigen. „Marta war wütend, nehme ich an."

„Wütend?" Virginia's Stimme klingt müde. „Worüber, Carlota? Sie war es doch, die sagte, wir könnten tun, was wir wollen."

„Ich weiß", seufzt Carlota. „Aber vielleicht dachte sie, du würdest nichts tun. Wer weiß schon, was in ihrem Kopf vorgeht. Auf jeden Fall solltest du dich nicht schuldig fühlen. Wenn dieser Ausrutscher mit der Anwältin dazu geführt hat, dass du die Entscheidung getroffen hast,

Schluss zu machen, dann war es vielleicht sogar gut so. Du konntest nicht so weitermachen wie bisher."

„Ich weiß nicht, was schlimmer ist", haucht Virginia, alle Luft aus ihren Lungen pressend.

„Ich weiß, es tut weh", tröstet Carlota. „Aber bei jemandem zu bleiben, der nicht dasselbe fühlt wie du, wäre ein Fehler. Meiner Meinung nach hast du die richtige Entscheidung getroffen. Bleib standhaft, auch wenn du dich gerade am Boden fühlst."

„Ich kann mir mein Leben ohne Marta nicht vorstellen, Carlota", gesteht Virginia, ihre Stimme zitternd. „Egal wie sehr ich es versuche, ich sehe es einfach nicht."

Carlota seufzt, wünschte, sie könnte Virginia in den Arm nehmen. „Ich weiß, aber du bist nicht diejenige, die diese dummen Regeln in eurer Beziehung aufgestellt hat, ohne dich zu fragen. Wenn jemand umdenken muss, dann Marta, nicht du. Du hast deinen Standpunkt klargemacht. Jetzt liegt es an ihr zu entscheiden, ob sie ein Leben nur mit dir oder eines ohne dich will."

Virginia's Magen dreht sich bei dem Gedanken, dass Marta sich für Letzteres entscheiden könnte. Doch Carlota hat Recht – sie kann nicht nachgeben. Sie will keine Beziehung, in der Marta jederzeit zu einer anderen gehen könnte.

„Was ist mit dem Jobangebot, von dem du mir erzählt hast?", fragt Carlota schließlich.

„Ich... hatte keine Zeit, darüber nachzudenken", gesteht Virginia. „Im Moment will ich nur zurück nach Madrid und mir so schnell wie möglich eine Wohnung suchen. Aber ich schließe nicht aus, wegzugehen, besonders nach dem, was mit Marta passiert ist. Ich dachte, ich könnte das eine vom anderen trennen, aber den ganzen Tag mit ihr im Büro zu sein und uns so kalt zu behandeln... es ist unerträglich, Carlota."

„Das kann ich mir vorstellen", sagt Carlota mitfühlend. „Aber es ist auch erst der erste Tag. Ihr seid beide angespannt und verletzt. Mit der Zeit wird es besser werden, das weißt du. Es fühlt sich jetzt nur alles so schwer an."

„Ja", seufzt Virginia.

„Ich bitte dich nur, gut darüber nachzudenken", rät Carlota. „Wenn du den Job annimmst, dann weil du ihn wirklich beruflich willst, nicht wegen dem, was mit Marta passiert ist."

Virginia lächelt, dankbar für Carlotas Freundschaft und ihren rationalen Blick auf die Dinge. In Momenten wie diesen, in denen Virginia am liebsten davonlaufen und alles hinter sich lassen würde, braucht sie jemanden wie Carlota, um sie auf dem Boden der Tatsachen zu halten.

„Du weißt, dass du immer eine Stütze für mich warst, oder?", sagt Virginia, ihre Stimme voller Zuneigung.

„Ich bin deine Stütze und du bist meine, Vir. Vergiss das nie", erwidert Carlota warm. „Ruf mich an, wann immer du reden musst, okay? Egal zu welcher Uhrzeit."

„Danke, Carlota", flüstert Virginia, ein Hauch von Hoffnung in ihrer Stimme.

KAPITEL 17

Der Tag bricht an, düster wie Marta Pinares' Gemüt, mit der Vorahnung eines nahenden Sturms. Am Vortag hatte die Sergeantin ihren Arbeitstag so weit wie möglich ausgedehnt. Nachdem Virginia das Büro, das sie sich teilen, verlassen hatte, blieb Marta mindestens zwei weitere Stunden auf der Basis und überprüfte zum zehnten Mal alles, was den Fall Romero betraf. Heute erwacht sie benommen. Sie hat im zweiten Zimmer der Wohnung geschlafen, und die einzelne Federkernmatratze hat das Gefühl, das sie seit Virginias Rückkehr nach ihrer Nacht mit der Anwältin Raquel Martínez nicht loswird, nur noch verschlimmert.

Mit einem Tritt befreit sie sich von dem Laken, das sie bedeckt, und spitzt die Ohren, um herauszufinden, ob ihre Mitbewohnerin schon wach ist. Doch sie hört nichts und beschließt aufzustehen. Seit über einer Stunde verspürt sie den Drang, zur Toilette zu gehen, und fühlt, dass ihre Blase gleich platzen wird, wenn sie nicht sofort geht.

Sie stürmt aus dem Gästezimmer und prallt fast mit Virginia zusammen, die mit leerem Blick im Flur steht und in ihrem Kaffee rührt.

„Verdammt!", schreit Marta und bremst abrupt vor Kapitänin Robles.

„Entschuldigung", murmelt Virginia nur und tritt beiseite. Sie weiß, dass sie den Weg zum Bad versperrt, und kennt Marta gut genug, um zu wissen, dass sie kurz davor ist, sich einzunässen.

„Kann ich ins Bad, oder musst du?", fragt die Sergeantin und wippt nervös von einem Bein aufs andere, kurz davor, alles im Flur loszulassen.

„Nein, geh nur", sagt Kapitänin Robles und geht in Richtung Küche.

Marta betritt hastig das Bad und setzt sich mit einem erleichterten Seufzer auf die Toilette. Als sie fertig ist, beschließt sie, sich frisch zu machen, um sich dann anzuziehen und direkt zur Basis zu fahren. Sie erträgt es nicht, in der Wohnung zu sein, in der Virginia und sie zusammen geschlafen, sich geliebt und Filme genossen haben. Im Büro ist es zwar auch nicht viel besser, aber dort kann sie sich wenigstens auf die Arbeit konzentrieren.

„Guten Morgen, Raquel", hört Marta von der anderen Seite der Tür. Für einen Moment durchfährt sie ein Schauer, der sich in ihrer Brust festsetzt, als sie denkt, die Anwältin sei in der Wohnung. Doch schnell verwirft sie den Gedanken, als sie keine zweite Stimme hört, und realisiert, dass es sich um ein Telefonat handelt.

Virginia bleibt für eine gefühlte Ewigkeit am Telefon und antwortet ihrer Gesprächspartnerin nur mit Einsilbern. Marta nutzt die Gelegenheit, sich anzuziehen und alles für den Weg ins Büro zusammenzupacken. Sie will nicht länger hier bleiben und hören, wie die beiden Frauen in ein Gespräch vertieft sind.

„María Teresa Romero ist aufgetaucht", ist das Erste, was Virginia zu Marta sagt, als diese angezogen im Wohnzimmer erscheint und auf dem Weg zur Tür ist.

Marta bleibt abrupt stehen und dreht sich zu ihr um.

„Wo ist sie? Geht es ihr gut?", fragt die Sergeantin voller Hoffnung, obwohl etwas in Virginias Gesicht ihr das Gegenteil verrät.

„Sie haben ihre Leiche gefunden", bestätigt Kapitänin Robles mit verstörtem Gesichtsausdruck, „in der Nähe des Brunnens, an dem wir neulich waren."

„Verdammt", flucht Marta und fährt sich mit den Händen übers Gesicht, als wolle sie all den Mist wegwischen, der gerade auf sie niederprasselt.

„Sie werden ihren Körper in die Gerichtsmedizin bringen", erklärt Virginia monoton. „Sie durchkämmen noch das Gebiet auf der Suche nach Hinweisen."

Marta erschaudert, hin- und hergerissen zwischen ihren Gefühlen. Zuerst ist da der Schmerz darüber, dass Soldatin Romero tot aufgefunden wurde, dann die Erkenntnis, dass dieser Fund den Fall zumindest für sie und Virginia zum Abschluss bringt. Sie können nicht länger bleiben, wenn sich die Ermittlungen in die Länge ziehen, da ihre Aufgabe darin bestand, die Soldatin zu finden. Die Suche nach dem Täter ist Sache der Polizei. Folglich steht die Rückkehr nach Madrid unmittelbar bevor, und Marta kann nicht anders, als daran zu denken, dass sie Virginia dadurch im privaten Bereich nicht mehr sehen wird. Die Wut der Sergeantin Pinares wandelt sich weiter und richtet sich nun gegen sich selbst, gegen ihre Sturheit und ihre Widersprüchlichkeit. Doch sie hat so viel im Kopf, dass sie unfähig ist, einen Schritt nach vorn zu machen und mit der Frau zu sprechen, die mit niedergeschlagener Miene vor ihr steht.

„Inoffiziell hat die Gerichtsmedizinerin gesagt, dass die Verletzungen an der Leiche sehr gut zu dem Wagenheber passen, den sie beim letzten Mal gefunden haben", fährt die Kapitänin fort. „Sobald die Autopsie abgeschlossen ist, werden sie uns den endgültigen Bericht schicken."

„Gibt es irgendwelche Spuren, die uns zum Täter führen?"

„Bisher nichts, aber mit den Informationen, die wir über Miguel Barrios' Frau gegeben haben, hat Sergeant Zapata beim Richter die Genehmigung für die Ortung ihrer Mobiltelefone beantragt", sagt Virginia, deren Blick für einen Moment an Martas Augen hängen bleibt.

Sergeant Pinares' Herz beschleunigt, und sie möchte den Arm ausstrecken, um Virginias Wange zu streicheln, aber ihre Sturheit hindert sie daran. Stattdessen steckt sie beide Hände in die Hosentaschen.

„Das dauert normalerweise ziemlich lange", beklagt Marta sich, während sie sich wieder fasst.

„Ich weiß nicht, ob Del Valle etwas tun kann, aber ich habe ihm eine Nachricht hinterlassen, dass er mich so schnell wie möglich anrufen soll. Wir müssen den Bastard schnappen, der María Teresa das Leben genommen hat", sagt Virginia wütend.

Beide schweigen, und Virginia runzelt die Stirn, als sie in den Augen der Sergeantin einen Hauch von Zweifel erkennt. Es scheint, als hätte sie etwas auf der Zunge, wüsste aber nicht, wie sie es ausdrücken soll. Die Kapitänin Robles wartet angespannt, unsicher, ob Marta ihr sagen wird, dass sie den Fall verlässt, das Team verlässt oder zu ihr zurückkehren möchte. Carlotas Worte hallen in ihrem Kopf wider: „Wenn jemand hier zur Vernunft kommen muss, dann Marta, nicht du." Und sie hat Recht. Virginia hat Marta alles gegeben, was sie hatte, ihr Liebe geschenkt und sogar ein Zuhause mit ihr teilen wollen. Es ist die Sergeantin, die sich dem verweigert hat, und so sehr die Kapitänin Robles es auch möchte, sie kann sie nicht dazu zwingen.

„Ich fahre zur Basis", sagt Marta plötzlich, und Enttäuschung zeichnet sich auf Virginias Gesicht ab. „Wenn du mehr Informationen bekommst, ruf mich an."

Virginia blickt sie an, strafft die Schultern und schlüpft in ihre Rolle als Kapitänin.

„Fahr zur Gerichtsmedizin, finde heraus, ob es etwas Neues gibt, und vor allem, frag, wie lange es dauern wird, bis wir den Bericht bekommen", fordert Robles, während sie auf ihr klingelndes Handy schaut. „Danach fährst du zur Basis. Wir sehen uns dort."

Virginia dreht sich um und betritt das Schlafzimmer, das sie bis vor kurzem noch geteilt haben, und lässt Marta mit rasendem Herzen und leerer Seele im Wohnzimmer zurück.

KAPITEL 18

Drei Tage sind vergangen, seit María Teresa Romeros Leiche gefunden wurde. Virginia und Marta konnten wenig tun, da sie jetzt von den Informationen abhängig sind, die ihnen die Polizei über die Anwältin der Familie zukommen lässt. Aufgrund der extremen Spannung zwischen ihnen hat Marta sich entschieden, jeden Tag bis spät auf der Basis zu bleiben und nur zum Schlafen zurückzukehren, wobei sie sehr früh aufsteht, um die Zeit mit der Kapitänin in der Wohnung auf ein Minimum zu beschränken.

Für Virginia ziehen sich die Tage endlos hin, sowohl bei der Arbeit als auch in der Wohnung. Es fällt ihr schwer, sich zu konzentrieren, und nachts ist es praktisch unmöglich, Schlaf zu finden. Sie wälzt sich stundenlang im Bett, was sich in den dunklen Ringen unter ihren Augen widerspiegelt. Gestern traf sie beim Verlassen der Basis auf die Anwältin und erstarrte. Sie hatten sich seit dieser seltsamen Begegnung in Raquels Wohnung nicht mehr gesehen, und Virginia, obwohl eine erwachsene Frau und an alles gewöhnt, wurde nervös, weil sie nicht wusste, ob die gute Chemie, die sie von Anfang an mit der Anwältin hatte, noch da war oder sich zusammen mit diesem gescheiterten One-Night-Stand verflüchtigt hatte.

„Hallo", grüßte Virginia etwas angespannt.

Raquel blinzelte sie an.

„Mann, siehst du scheiße aus, Virginia", platzte es unverblümt aus ihr heraus, und die Kapitänin fühlte Erleichterung, als sie feststellte, dass die gute Stimmung zwischen ihnen trotz des Vorfalls intakt geblieben war.

„Ja", antwortete sie erleichtert und lächelte erschöpft. Raquel nahm sie am Arm und zog sie zur Seite des Flurs.

„Ich schließe daraus, dass die Dinge zwischen dir und Marta nicht gut laufen", folgerte sie leise.

„Nein, sie laufen nicht gut."

„Weiß sie es?", Raquel presste die Lippen zusammen, nachdem sie gefragt hatte.

„Ja, obwohl ich es ihr nicht gesagt habe, hat sie es herausgefunden."

„Es tut mir leid, Virginia. Wenn es etwas gibt, das ich tun kann, sag es mir. Ich kann mit ihr reden, wenn du möchtest."

„Keine Sorge, das ist nicht deine Schuld, und der Auslöser ist auch nicht, dass du und ich etwas miteinander hatten. Es kommt von früher."

„Ich verstehe", Raquel hätte sie gerne umarmt, aber sie wusste, wenn Virginia hier war, war wahrscheinlich auch die Sergeantin in der Nähe, also hielt sie sich zurück.

„Na ja, ich bin müde", sagte Virginia.

„Natürlich, geh nach Hause und versuche, dich etwas auszuruhen. Ich würde gerne ein besseres Gesicht sehen, wenn wir uns das nächste Mal treffen", Raquel zwinkerte ihr zu und brachte sie zum Lächeln.

Jetzt ist es acht Uhr abends, und Virginia sitzt mit Brille auf der Nase und einem Roman in den Händen auf dem Sofa. Sie hat das Buch auf dem Rückweg zur Wohnung in einer Buchhandlung gekauft, in der Hoffnung, dass die Lektüre sie genug fesseln würde, um nicht an ihre Situation mit Marta zu denken, bis sie müde wird.

Sie versucht, sich auf den Roman zu konzentrieren, als sie die Tür hört. Virginia dreht sich überrascht um und sieht die Sergeantin eintreten. Diesmal wendet Marta den Blick nicht ab und geht auch nicht einfach vorbei. Stattdessen geht sie mit niedergeschlagenem Gesichtsausdruck und hängenden Schultern auf die Kapitänin zu.

„Können wir reden?" Marta schluckt schwer und lässt sich neben Virginia nieder. Der Duft von Vanille und Kaffee hängt in der Luft, vermischt mit der Spannung zwischen den beiden Frauen.

Virginia klappt ihr Buch zu und legt es auf den Tisch. Sie dreht sich zu der Sergeantin, zieht ein Bein an und platziert ein Kissen darauf. Ihre Arme ruhen darauf, als würde sie eine Barrikade errichten. „Sprich", sagt sie mit schneidender Stimme, die ihre Verletzung offenbart.

Marta atmet tief ein. Der Geruch von Virginias Parfüm lässt ihr Herz schneller schlagen. „Ich hatte in den letzten Tagen viel Zeit zum Nachdenken", beginnt sie. Ihre Stimme zittert leicht. „Ich habe alles, was seit unserem Gespräch passiert ist, immer wieder durchgespielt. Und mir ist klar geworden, dass ich einen riesigen Fehler gemacht habe, Virginia."

Virginias Herz rast, aber sie schweigt. Sie weiß, wenn sie jetzt spricht, würden sie nur streiten. Stattdessen beobachtet sie Marta aufmerksam, nimmt jede Nuance ihrer Mimik und Gestik wahr.

„Ich habe mein Verhalten analysiert", fährt Marta fort. Ihre Hände zittern leicht. „Und ich bin zu dem Schluss gekommen, dass meine ganze Einstellung auf irrationaler Angst basierte."

„Angst wovor?" Virginias Stimme klingt hart wie Stahl.

Marta senkt den Blick auf ihre Hände, die sie nervös ineinander verschränkt. „Du bist meine erste ernsthafte Beziehung, Virginia. Du weißt, dass alle meine früheren Erfahrungen in die Brüche gegangen sind, wenn ich versucht habe, einen Schritt weiterzugehen." Sie schluckt hörbar. „Ich hatte Panik, dass mir mit dir dasselbe passieren würde."

Virginia schweigt weiterhin, was Marta dazu bringt, den Raum mit Worten zu füllen. „Ich wollte nie mit anderen Frauen zusammen sein, Virginia", platzt es aus ihr heraus. Plötzlich bricht sie in Tränen aus, was die Kapitänin erschüttert. „Ich weiß nicht, warum zur Hölle ich das gesagt habe", schluchzt sie. „Ich bin so verliebt in dich, und mir ist nie in den Sinn gekommen, mit jemand anderem zusammen zu sein. Ich habe mich nicht einmal zu einer anderen Frau hingezogen gefühlt."

Virginia öffnet den Mund, aber die Worte bleiben ihr im Hals stecken. Sie sitzt regungslos da, beobachtet die Sergeantin und unterdrückt den Drang, sie zu umarmen und zu trösten. Etwas hält sie zurück. Obwohl sie Martas Aufrichtigkeit schätzt, reicht es für Virginia nicht aus.

Nicht nach all dem Schmerz und der Gleichgültigkeit der letzten Tage.

Marta weint weiter, verbirgt ihr Gesicht hinter einer Hand, bis sie sich etwas beruhigt hat. Sie greift nach den Taschentüchern, die Virginia ihr anbietet, und wischt sich über das gerötete, tränennasse Gesicht.

„Empfindest du etwas für Raquel?" Martas Stimme ist kaum mehr als ein Flüstern.

Virginia spürt, wie ihr langsam die Luft aus den Lungen entweicht, während ihr Verstand nach einer Antwort sucht.

„Das ist kein Vorwurf", fügt Marta hastig hinzu. „Ich weiß, dass ich mit meiner Dummheit diese Tür geöffnet habe. Ich werde dir das nie vorwerfen. Ich möchte nur wissen, wie sehr ich es vermasselt habe."

„Raquel ist attraktiv, und ich mag sie, Marta", sagt Virginia langsam. Jedes Wort wiegt schwer in der Luft zwischen ihnen. „Tatsächlich habe ich vor, meine Freundschaft mit ihr fortzusetzen, wenn wir beide nach Madrid zurückkehren. Aber darüber hinaus hege ich keine Gefühle für sie. Ich war und bin in dich verliebt." Die Kapitänin spricht so kühl, dass Marta ihre Erleichterung kaum verbergen kann.

„Also, zwischen dir und ihr...?" Martas Stimme ist sanft, fast flehend.

„Es gibt nichts. Ich habe nicht einmal mit ihr geschlafen, auch wenn ich zugeben muss, dass ich kurz davor war." Virginia hält inne, ihre Augen suchen Martas. „Ich war wütend, Marta. Aber vor allem verletzt und verwirrt von allem, was du gesagt und wie du dich verhalten hast. Ich fühlte mich, als würde ich dich plötzlich nicht mehr kennen, als hätte ich all diese Monate in einer Lüge mit dir gelebt."

„Nichts davon war eine Lüge, Vir", schluchzt Marta und rückt näher, ohne Virginias persönlichen Raum zu invadieren. „Ich liebe dich und bin verrückt nach dir. Diese Monate mit dir waren die besten meines Lebens." Sie greift nach einem weiteren Kissen und umarmt es, als wäre es ein Rettungsanker. „Bitte sag mir, dass wir das noch in Ordnung bringen können."

Virginias Herz rast. Sie möchte Marta sagen, dass alles wieder wie früher sein wird, aber die Angst lähmt sie. Die Furcht, dass Marta in ein paar Monaten wieder von Unsicherheiten geplagt wird und sie erneut zerstört.

„Bitte, Virginia", fleht Marta und ergreift Virginias Hand. „Lass mich dir beweisen, dass ich es ernst meine. Dass ich dich liebe und wirklich eine Zukunft mit dir will."

„In Ordnung", gibt Virginia nach. Ihre freie Hand streckt sich aus, um eine feuchte Haarsträhne aus Martas Gesicht zu streichen. „Aber diesmal werden wir es langsam angehen, Marta."

„Was meinst du damit?" Erleichterung schwingt in Martas Stimme mit.

„Wenn wir nach Madrid zurückkehren, werde ich trotzdem eine eigene Wohnung mieten", erklärt Virginia. Ihre Stimme ist sanft, aber bestimmt. „Ich denke, es wird gut für uns beide sein, eine Weile getrennt zu leben. Es wird uns erlauben, das zu schätzen, was wir hatten. Und wenn du dich später bereit fühlst, wieder zusammenzuziehen, können wir darüber reden."

Marta kämpft gegen die aufsteigenden Tränen. Der Gedanke, getrennt von Virginia zu leben, zerreißt ihr das Herz. Doch sie begreift, dass es zu spät ist. Virginias Vertrauen ist erschüttert, und Marta hat das Unvorstellbare getan - sie hat die Frau verletzt, die sie liebt. Trotzdem ist sie bereit, alles zu tun, um ihre Beziehung zu retten.

„In Ordnung, ich verstehe", flüstert Marta. Ihre Stimme zittert leicht. „Wir machen es so, wie du es brauchst. Aber bitte, verlass mich nicht."

Virginia seufzt tief und zieht Marta an sich. Der vertraute Duft von Vanille und Jasmin hüllt sie ein.

In dieser Nacht haben beide keinen Appetit. Sie gehen direkt ins Bett. Obwohl sie sich ausgesprochen haben, liegt eine subtile Spannung in der Luft. Keine weiß, wie sie sich verhalten soll. Virginia legt sich auf den Rücken, Marta tut es ihr gleich. Nach einigen Minuten rollt sich die Sergeantin zusammen und wendet Virginia den Rücken zu. Die Emotionen der letzten Tage überwältigen sie. Im Gegensatz zu Virginia, die täglich geweint hat, hat Marta ihre Gefühle unterdrückt. Jetzt drohen sie sie zu ersticken. Sie sehnt sich nach Virginias Nähe, wagt es aber nicht, darum zu bitten. Stattdessen versteift sie sich und beißt die Zähne zusammen, um die Tränen zurückzuhalten.

In der Dunkelheit kann Virginia Marta nicht sehen, aber sie spürt ihre Traurigkeit. Es schnürt ihr die Kehle zu.

„Soll ich dich in den Arm nehmen?", fragt Virginia leise und dreht sich zu ihr.

Marta bringt nur ein ersticktes „Ja" heraus. Als Virginia sich an ihren Rücken schmiegt und ihr sanft in den Nacken haucht, bricht es aus ihr heraus.

KAPITEL 19

Ein lästiges Geräusch dringt in Martas Bewusstsein. Noch halb im Schlaf, kann sie die Quelle nicht ausmachen. Nach den Ereignissen der letzten Nacht ist die Sergeantin in Virginias Armen eingeschlafen. Die Last auf ihrer Brust, genährt von ihrer Sturheit und der irrationalen Angst, Virginia zu verlieren, hat sich endlich gelöst. In dem Moment, als die Kapitänin ihr eine zweite Chance gab, schwor sich Marta, erwachsen zu handeln und Virginia zu zeigen, dass sie die Frau ihres Lebens ist.

Endlich realisiert Pinares, dass das Geräusch von Virginias Handy kommt. Ihre Partnerin schläft ungestört neben ihr.

„Vir, dein Telefon klingelt", murmelt Marta mit rauer Stimme.

Die Kapitänin Robles rührt sich nicht. Sie ist so tief im Schlaf versunken, dass Marta sich aufsetzt, um sicherzugehen, dass sie noch atmet.

„Liebling, dein Handy hört nicht auf zu klingeln." Diesmal begleitet die Sergeantin ihre Worte mit einem sanften Rütteln, das Virginia zumindest die Stirn runzeln lässt.

Beim vertrauten Klingelton ihres Telefons reißt die Militärin plötzlich die Augen auf. Sie schreckt hoch. Selten schläft Virginia so tief, aber die Erschöpfung der letzten Tage, verursacht durch die Situation mit Marta und den Fall Romero, fordert ihren Tribut.

Sie blinzelt mehrmals und räuspert sich, um ihre Stimme wiederzufinden.

„Ja, Raquel", krächzt sie mit einer Stimme, die leicht für die eines Truckers gehalten werden könnte.

„Virginia, ich habe Neuigkeiten", sagt die Anwältin, die offenbar hastig durch die Straßen eilt. „Ich bin auf dem Weg zur Basis. Wir treffen uns dort."

„In einer halben Stunde sind wir da", bestätigt die Kapitänin und springt aus dem Bett.

„Was ist los?", fragt Marta, die ebenfalls aufgestanden ist.

„Es scheint, wir haben etwas", sagt Virginia, während sie nach frischer Kleidung sucht. „Und ich glaube, es ist etwas Großes."

Martas Augen weiten sich hoffnungsvoll. Für María Teresa Romero können sie nichts mehr tun, aber sie braucht die Gewissheit, dass der Verantwortliche zur Rechenschaft gezogen wird.

„Ich mache Kaffee", sagt die Sergeantin und reibt sich übers Gesicht, um wach zu werden. „Wenn du aus dem Bad kommst, gehe ich rein, und dann fahren wir los."

In der Eile, so schnell wie möglich zur Basis zu kommen, versuchen beide gleichzeitig durch die Zimmertür zu gehen. Ihre Körper prallen aufeinander, und Marta streckt instinktiv den Arm aus, als sie sieht, wie Virginia, noch immer vom Schlaf benommen, das Gleichgewicht verliert. Ihre Blicke verhaken sich ineinander, und es ist die Sergeantin Pinares, die sich vorbeugt und einen sanften Kuss auf die Lippen ihrer Partnerin drückt. Virginia entfährt ein leises Seufzen des Wohlbehagens.

„Guten Morgen", flüstert Marta, ihre Lippen noch immer nah an Virginias. „Hast du gut geschlafen?"

Seit Virginia Robles Marta kennengelernt hat, weiß sie, dass diese Frau ihr den Kopf verdreht, ihr Herz zum Rasen bringt und ihre Sinne betört. In Momenten wie diesen, wenn Marta ihr einen einfachen Kuss gibt - trotz all des Leids der letzten Tage - bestätigt sich diese Erkenntnis aufs Neue.

„Ja", antwortet Virginia, leicht benommen. „Ich habe tagelang kaum geschlafen, aber diese Nacht bin ich durchgeschlafen."

„Es tut mir leid", murmelt Marta, sich ihrer Verantwortung für Virginias schlaflose Nächte bewusst.

„Los, mach den Kaffee, wir kommen zu spät", erwidert Virginia und gibt Marta einen spielerischen Klaps auf den Hintern. Sie hat keine Lust, das Thema weiter zu vertiefen. Für sie ist das Besprochene abgehakt, jetzt gilt es nach vorne zu blicken.

„Ich habe schon auf euch gewartet", begrüßt sie Raquel Martínez, die sich von einem der Stühle im Büro der Basis erhebt. „In einer halben Stunde treffe ich mich mit María Teresas Familie, aber ich wollte euch vorher informieren."

„Spuck's schon aus, Raquel", drängt Kapitänin Robles

ungeduldig.

„Gestern Abend kam der Bericht über die Geoortung der Handys von Miguel Barrios und Isabel Montilla. Er war tatsächlich zu Hause. Es konnte bestätigt werden, dass er die Bar verließ und wie angegeben nach Hause ging."

„Und sie?", fragt Marta, die es kaum aushält, dass die Anwältin nicht gleich verrät, wer Soldatin Romero getötet hat.

„Sie war auf dem Brachland", sagt Raquel, woraufhin die beiden Militärfrauen wie erstarrt dastehen. „Zuerst wurde sie in der Nähe der Bar La Terraza geortet und kurz darauf auf dem Gelände nahe dem Brunnen."

„Verdammte Scheiße, was für eine miese Schlampe", flucht Marta, unfähig sich zu beherrschen.

„Diese Frau kam mir schon immer suspekt vor, aber ich schob ihr Verhalten auf die Nerven, weil ihr Mann im Fokus der Ermittlungen stand. Ich hätte aufmerksamer sein müssen", bedauert die Kapitänin.

„Wir alle haben mit ihr gesprochen, und niemand hat es durchschaut, bis du mich gewarnt hast, dass wir sie untersuchen sollten. Du hättest ohnehin nichts tun können, Virginia", erklärt die Anwältin. „Isabel tötete María Teresa in derselben Nacht, in der sie zuletzt lebend gesehen wurde."

„Wie seid ihr zu diesem Schluss gekommen?", fragt Marta interessiert. Obwohl sie sich immer noch von der Nähe zwischen der Anwältin und Virginia berührt fühlt, spürt sie aus irgendeinem Grund nicht mehr diese unverständliche Eifersucht und verhält sich professionell.

„Dank der richterlichen Anordnung, Isabels Auto und

Garage zu durchsuchen. Und ratet mal?", fragt Raquel mit hochgezogenen Augenbrauen. „Die Frau hatte keinen Wagenheber und hatte sich auch nicht die Mühe gemacht, einen zu kaufen. Sergeant Zapata nahm sie fest, und sie wurde stundenlang verhört, bis sie zusammenbrach. Sie gestand, das Leben der Soldatin Romero beendet zu haben, weil diese angeblich ihren Mann belästigt hätte."

Eine schwere Stille legt sich über das Büro. Keine der drei Frauen kann begreifen, wie diese Frau so verblendet sein konnte, nicht zu sehen, dass ihr Mann derjenige war, der hinter jeder Frau her war, die ihm über den Weg lief, und dass sie zudem nicht die nötige Besonnenheit hatte, den Mord an einer von ihnen zu vermeiden.

„Sie sagte, sie hätte keine andere Wahl gehabt, als zum Wohle ihrer Familie zu handeln, weil sie nicht zulassen konnte, dass María Teresa sie trennt", fährt die Anwältin fort.

„Das kann ich nicht glauben", murmelt Kapitänin Robles.

„Sie behauptet, sie wollte sie um jeden Preis loswerden. Also folgte sie ihr, als sie die Bar verließ, und überfuhr sie mit ihrem Auto. Aber die Soldatin versuchte aufzustehen, und Isabel bekam Angst und bereute sogar, was sie getan hatte. Sie stieg aus und half ihr ins Auto, um sie ins Krankenhaus zu bringen. Alles ging schief, als Romero sie als Miguel Barrios' Frau erkannte, sie beschuldigte, verrückt zu sein, und drohte, sie anzuzeigen. In einem Akt der Verzweiflung bog Isabel auf ein Brachland ab, ohne zu wissen, was sie tun sollte. Sobald sie anhielt, stieg María Teresa aus, so gut sie konnte, und Isabel sah keine andere Möglichkeit, als das Erste zu nehmen, was sie im Kofferraum fand, und auf sie einzuschlagen, bis sie tot war", schließt Raquel Martínez mit erstickter Stimme.

„Ich hoffe, diese Elende verrottet im Gefängnis", sagt Virginia, die sich plötzlich so erschöpft fühlt, dass sie nach einem Stuhl sucht, um sich zu setzen.

„Daran zweifle nicht. Mein Partner in Madrid bereitet alles vor, damit wir, wenn sie versuchen, auf Unzurechnungsfähigkeit zu plädieren, beweisen können, dass sie bei vollem Bewusstsein und in Kenntnis ihrer Handlungen agierte. Sie wird teuer für das bezahlen, was sie getan und ihrer Familie angetan hat", sagt die Anwältin, während sie stirnrunzelnd ihr Handy überprüft. „Ich muss los. Es scheint, alles geht schneller als erwartet, und ich muss noch einige Papiere mit der Familie des Opfers regeln."

„Was wird mit Miguel Barrios geschehen?", fragt Marta, die noch immer an derselben Stelle steht wie bei ihrer Ankunft.

„Leutnant Barrios wird nie wieder einen Fuß in eine Militärbasis setzen", erklärt Raquel stolz darauf, weiterhin das Militär zu säubern. „Mit den Aussagen von Unteroffizier Fernández und Rocío Beltrán, sowie der Menge an Fotos, die dieser Perverse auf seinem Handy gespeichert hatte, haben wir genug, um ihn anzuklagen und ihn mit nichts dastehen zu lassen."

Virginia lächelt diesmal breit. Obwohl sie Trauer über das tragische Ende einer jungen Soldatin empfindet, freut es sie, dass die in den Fall Romero Verwickelten für ihre Untaten bezahlen.

„Nun, ich muss los", sagt die Anwältin mit einer gewissen Unbehaglichkeit, da sie weiß, dass es ein Abschied ist.

„Mach's gut, Raquel", sagt Marta plötzlich, nähert sich der Anwältin und schüttelt ihre Hand. „Virginia, ich warte draußen."

Kapitänin Robles kann nicht glauben, was sie sieht. Marta war immer sehr impulsiv, und sie hatte nicht erwartet, dass sie sich höflich von Raquel verabschieden würde, geschweige denn, dass sie die beiden allein lassen würde, um sich zu verabschieden.

„Sollte ich Angst haben, wenn ich hinausgehe?", fragt Raquel und schüttelt amüsiert den Kopf.

Virginia lacht laut auf, was sie völlig entspannt.

„Nein, wir haben gestern Abend geredet. Sie sieht ein, dass sie sich geirrt hat und nicht richtig gehandelt hat."

„Und du, geht es dir gut?", die Besorgnis der Anwältin ist offensichtlich.

„Ehrlich gesagt, ja, obwohl ich beschlossen habe, es diesmal langsam angehen zu lassen. Ich werde dir nicht mehr erzählen, damit ich sicher sein kann, dass wir uns in Madrid wiedersehen und du den Rest der Geschichte erfährst", sagt Virginia und verzieht die Lippen.

„Du Miststück", lacht Raquel. „Ich wollte es dir vorschlagen, wusste aber nicht, wie die Lage ist."

„Ich mag dich sehr, Raquel, und ich glaube, wir können gute Freundinnen werden. Du hast meine Nummer, ruf mich an, wann immer du willst, und wir treffen uns", die Kapitänin nähert sich und umarmt sie fest.

„Gleichfalls, wenn du reden musst, weißt du, wo

du mich findest. Und wenn Marta sich wieder daneben benimmt, sag es mir. Sie wird mir sicher eine Tracht Prügel verpassen, aber vorher werde ich ihr die Dinge klar machen, denn wenn sie dir noch einmal wehtut, bekommt sie es mit mir zu tun", sagt Raquel, löst sich aus der Umarmung und zwinkert ihr zu.

Virginia sieht zu, wie sie mit der eleganten und sinnlichen Ausstrahlung, die ihr bei ihrer ersten Begegnung aufgefallen war, das Büro verlässt. Sie bereut nicht, was zwischen ihnen passiert ist, denn sie ist sich sicher, dass sie jetzt eine neue Freundin gewonnen hat, eine fürs Leben.

KAPITEL 20

Madrid, zwei Monate später
Marta ist erschöpft, ihr ganzer Körper glänzt vor Schweiß und ihr Keuchen vermischt sich mit Virginias Stöhnen, die sich vor Lust windet, während die Feldwebelin sich mit dem Umschnalldildo in ihr bewegt. Marta verliert den Rhythmus nicht, weder zu schnell noch zu langsam, genau wie es die Kapitänin mag.

Heute Nachmittag scheint Virginia unersättlich zu sein. Marta hat ihr bereits drei Orgasmen entlockt, und dies wird der vierte sein. Wenn sie um einen weiteren bittet, wird Marta ein paar Minuten Pause brauchen, um sich zu erholen, denn in ihrer jetzigen Position beginnen ihre Arme vor Anstrengung zu zittern, und ihr linkes Knie schmerzt, weil sich etwas in ihre Haut bohrt, das zweifellos in einer Tasche ihrer ausgezogenen Kleidung steckt.

Virginia beginnt sich anzuspannen, und Marta erhöht das Tempo, während sie denkt, dass das Sofa in Virginias Apartment wunderbar ist. Groß, bequem und fest, nicht wie das in der Wohnung, die sie sich teilten und in der sie immer noch lebt, das nicht nur unbequem ist, sondern auch viel Lärm macht, wenn es auf diese Weise benutzt wird, und sie eines Tages kopfüber auf dem Boden landen werden.

„Ich komme, Liebling", keucht Virginia und gräbt ihre Nägel in Martas Rücken.

Trotz der Müdigkeit fühlt Marta einen Schauer der Lust, hervorgerufen durch die Mischung aus dem Brennen, das sie auf ihrem Rücken spürt, und wie sehr es ihr gefällt, Virginia vor Vergnügen explodieren zu sehen.

„Meine Güte", sagt die Kapitänin, als sie fertig ist, und ein dümmliches Lächeln huscht über ihr Gesicht, das auch Marta ansteckt.

Die Feldwebelin fällt schwer auf Virginias Körper und fühlt sich, als würden ihre Lungen explodieren, als hätte sie einen Marathon gelaufen.

„Geht es dir gut, oder willst du...?", fragt sie mit zerdrücktem Gesicht, das auf Virginias schweißnasser Brust rutscht.

Die Kapitänin umarmt sie fest und nickt.

„Perfekt, und du? Willst du noch einmal kommen?", flüstert sie und verursacht bei Marta eine Gänsehaut.

Marta presst allein bei dem Gedanken daran die Beine zusammen, ist aber zu erschöpft, um sich zu bewegen.

„Nein, ich möchte einfach so bleiben", murmelt sie mit ruhigerer Atmung.

Virginia küsst ihr Haar und hält sie mehrere Minuten lang fest an sich gedrückt, bis die Glocken einer nahen Kirche erneut läuten und Marta den Kopf hebt, um auf die Uhr zu schauen und festzustellen, dass es bereits neun Uhr abends ist. Sie seufzt bedrückt, weil sie weiß, dass sie gehen sollte, aber sie fühlt sich so wohl bei Virginia, dass sie die Zeit am liebsten anhalten würde.

Die Kapitänin hält ihr Wort. Kaum sind sie aus Madrid zurück, sucht sie sich eine eigene Wohnung. Sie zieht allein um, nachdem sie mit Del Valle gesprochen und ihm bestätigt hat, dass sie die angebotene Stelle nicht möchte. An dem Nachmittag, als Marta ihr beim Umzug hilft, bringt sie kein Wort heraus. Ein Kloß schnürt ihr die Kehle zu, während sich ein Gefühl der Leere und Verlassenheit mit der Wut auf sich selbst mischt - Wut darüber, dass sie diese Situation selbst verursacht hat.

Außerdem stellt Marta fest, dass Virginia Recht hatte. Die Kapitänin hat eine unmöblierte Wohnung gemietet und alles nach ihrem Geschmack eingerichtet - ein Geschmack, den Marta als exquisit empfindet. Virginias Apartment ist gemütlich und duftet nach ihr. Es ist der einzige Ort, an dem sich Marta wirklich zu Hause fühlt, wenn sie ihn betritt. Nicht wie in der anderen Wohnung, in der sie zusammenlebten und in der Marta jetzt allein wohnt, mit alten, zusammengewürfelten Möbeln, schrecklichen Vorhängen und dem unbequemsten Sofa, auf dem sie je gesessen hat.

Seit Virginia ausgezogen ist, bereut Marta täglich diesen dummen, kindischen Anfall, den sie an dem Nachmittag hatte, als die Kapitänin vorschlug, eine gemeinsame Wohnung zu suchen. Obwohl es ihnen gut geht und ihre Beziehung wieder so gut ist wie am Anfang, kann sich Marta nicht daran gewöhnen, ohne sie zu sein. Jedes Mal, wenn sie in Virginias Wohnung kommt, fühlt sie sich so wohl, dass sie nicht gehen möchte.

Wie so oft hat die Feldwebelin auch jetzt den Drang, Virginia zu sagen, dass sie bei ihr einziehen möchte. Dass sie sie braucht und so sehr vermisst, dass sie viele Nächte keinen Schlaf findet. Doch wieder beißt sich Marta auf die Zunge und schluckt ihre Angst hinunter. Sie weiß, dass es noch zu früh ist, dass sie Virginia den Raum geben muss, um den sie gebeten hat. Trotzdem braucht sie sie heute Nacht. Marta spürt, dass sie eine Leere und Beklemmung verschlingen wird, die den unglaublichen Tag, den sie zusammen verbracht haben, überschatten wird, wenn sie jetzt die Tür durchschreitet, um in ihre eigene Wohnung zu gehen.

„Macht es dir etwas aus, wenn ich heute Nacht hier schlafe?", fragt sie, ohne zu merken, wie fest sie Virginias Hand drückt.

Es ist das erste Mal, dass sie darum bittet, seit Virginia ausgezogen ist. Virginia hat zwar einige Nächte in Martas Wohnung verbracht, aber die Feldwebelin hat das in Virginias Wohnung nie getan, es nicht einmal erwähnt, obwohl Virginia oft gemerkt hat, wie schwer es ihr fiel zu gehen. Sie hat nie etwas gesagt, obwohl sie sich danach sehnte, dass Marta bliebe. Virginia braucht, dass Marta von nun an solche Schritte macht. Sie fürchtet, dass Marta sich gezwungen fühlen oder nur aus Angst, sie zu verlieren, zustimmen könnte, wenn sie selbst etwas in dieser Richtung sagt.

„Nein, natürlich nicht", antwortet Virginia und gibt ihr einen Kuss auf den Hals.

„Ich bin nur so müde und ich..."

„Du musst dich nicht rechtfertigen, Marta. Wenn du

bleiben möchtest, bleibst du. Ich freue mich darüber."

Die Kapitänin küsst sie auf die Lippen und gibt ihr einen Klaps auf den Hintern, bevor sie aufsteht.

„Geh duschen, während ich das Abendessen vorbereite", sagt sie ganz normal, und Marta lächelt.

„Kann ich mir saubere Kleidung von dir leihen?", fragt die Feldwebelin, die offensichtlich nichts hier hat.

„Liebling", Virginia dreht sich an der Tür zu ihr um, „nimm dir, was du willst. Du bist hier zu Hause."

Marta nickt und steht auf, während sie den Drang unterdrückt, vor Freude zu schreien. Dies wird die erste Nacht sein, die sie in Virginias Wohnung verbringt, aber es wird nicht lange dauern, bis es eine zweite gibt, und viele weitere, bis sie endlich den Mut findet, ihr zu sagen, dass es hier ist, wo sie sein will und sein muss.

Printed in Poland
by Amazon Fulfillment
Poland Sp. z o.o., Wrocław

37734522R00095